Vol II

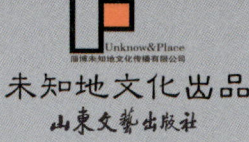

未知地文化出品
山東文藝出版社

不知不觉中我们的青春年代，
　　如同这渐渐消逝的光阴一般……

摄影 /Seven

卷首语≥

一晃一季，一季一年。

这座城市历经了三五场的大雪，这个冬天也就这样过去了。

当你们看到这则卷首语，或者看到这完完整整的第二辑《茌苒》出现在你们的面前，无论北方还是南国，满世界的都是大地回春、花草丛生的样子。

记得过去有一段时间，我一度最喜欢的就是这三四月的时节，那个时候，年少的我还算是只身一人待在南国的土地上。南国的这个时节，清晨，已经略微可以呼吸到惬意的气息，午后暖洋洋的淡黄色光线包围照耀在你的四周，夜晚柔软而清爽的东南季风略带湿润地从你的脸庞缓缓拂过。传说"三月开樱唯有武大"，闲暇的时光，等到樱花盛开，我一定会每天按时坐在武大的珞珈山下的樱花树旁，天近黄昏，我最喜欢看微风吹动花瓣扬扬洒洒散落下来的样子。那一刻，我觉得这一切美不胜收。

曾认为，这是我脑海里对于春的记忆中最深刻的。但是，现在，久居北方，生活着，曾有的一切也就理所当然地失去了。

刚刚过去的这个冬天，一起努力的每个人都过得匆忙，忙碌时，谁都没有机会静下心来回顾过去。忙着写文章忙着接受采访，忙着做设计忙着拍照片，忙着排版忙着写企划，忙着发行忙着做宣传。承认也好，不承认也罢，忙忙碌碌的我们确实就这样长大了。原来，我们能够自主地去解决很多难题了，我们也学会了什么叫做顾全大局，我们有了各自的社交圈子，我们同样也知道了在某些场合必须要去容忍一些事情。这些，当然都是《茌苒》赋予我们的其中一小部分的收获而已。

当然还有那么多前辈、朋友们的鼎力支持和推荐；第一辑出版发行后众多读者、同行们的赞许和批评；最近又为意外得知"茌苒"其中还蕴含着一个"才比宋玉、貌似潘安"的美好典故而喜出望外；本辑专栏除我和孙睿之外又有辛夷坞、薇络等朋友的新鲜加盟和创作；第二辑的纸张变化等等。这些确确实实可以算进《茌苒》诞生后给予我们大家的所有收获的行列当中。

所以，一眨眼的工夫，大众会有，小众也会有；赞许会有，批判也会有；收获会有，失去也会有；感性会有，理性也会有；坚持会有，放弃也会有；喜悦会有，悲伤也会有。

任何事情都是这样，时代、文艺、青春、人生、命运、梦想，无一例外。

目 录

如影随形 ☆ 摄影
012 或远，或近　　Seven

名人寄语
020 寄语

鲜为人知 □ 话题
022 暖伤青春代言人——辛夷坞专访

专栏
030 念（中）　代琮
036 暑假里的那些事儿　孙春
040 说好一定会回来（上）　辛夷坞

山花烂漫 ◆ 长篇连载
046 青春梦祭未殇（二）　代琮
062 被风吹散的时光（二）　汀草
074 Hakuna Matata（二）　化石里的吻
088 一抹尘埃（二）　刘苏

倾国倾城 ● 小说
100 雨中相遇　薇络
108 明山（下）　带玉
114 只属于你的黑暗　梵高先生
122 早安，雏菊　周苗
136 迟到了半个夏天的告白　陶子
152 濒死幻境　庄子衣

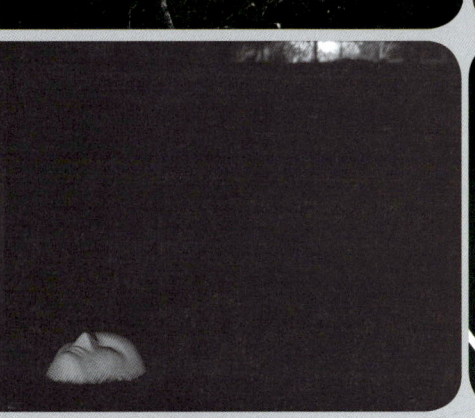

沧海桑田 ■ 散文
160 隐忍的曼陀罗　水一
163 一望无际·年华　渣子龙
166 普罗旺斯的花季　四岁就变坏

朝斯夕斯 ○ 国学
170 浅谈古代计时方式

琴瑟合鸣 ◇ 电影 音乐 戏剧
174 那年夏天，我们的青春——《蓝色大门》
177 爱恋值得一生去守护——《恋恋笔记本》
179 我们看见世界，他却听见世界上所有的美——《听见天堂》
180 亲爱的，我还不知道——"宝贝"张悬
183 生长的麦田已被城市包围——麦田守望者《我们的世界》
186 穿越你的人生，掠过那些缩影——Graham Coxon的吉他独奏诗篇《The Spinning Top》
188 爱一个人，要先杀死自己——《恋爱的犀牛》

未知地
196 荏苒府
200 闻所未闻
203 向左，向右
204 Choose Answers
208 星语心愿
210 八卦报

山东未知地文化传播有限公司（Unknown&Place）

地　址：山东省淄博市张店区新村西路115号金丰大厦201室

邮　编：255000

文稿信箱：renranwen@sina.com　　wen@dcrenran.com（测试版）

图稿信箱：renrantu@sina.com　　pic@dcrenran.com（测试版）

业务信箱：weizhidiwenhua@sina.com　　wzd@dcrenran.com

官方网站：http://www.dcrenran.com

官方博客：http://blog.sina.com.cn/weizhidiwenhua

微博地址：http://t.sina.com.cn/daicong0217　　http://t.sina.com.cn/renranzazhi

摄影 / 罗小粉

荏苒

主编/总监：代琮【from U&P】
责任编辑：董国艳【from 山东文艺】
责任监制：杨洪芸
美术总监：消夏【from U&P】
文字总监：代琮【from U&P】
美术编辑：消夏　司可【from U&P】
文字编辑：Krist　夏雪　永隽　大迪【from U&P】
主编助理：夏雪【from U&P】

装帧设计：未知地文化
【weizhidiwenhua@sina.com】
封面美术：消夏【from U&P】
版式设计：消夏【from U&P】
媒体运营：邵星硕【from U&P】
市场运营：邵星硕　贾导【from U&P】

内容提要

首先，本辑《茬莓》外在的最大变化还是在于纸张上的一些改变。经过第一辑日本道林纸的试用，也收到一些读者反馈的对于这种纸张的喜爱，但是，我们同时也在部分反馈建议当中得到了一些否定。有朋友建议如果是系列书籍的话还是喜欢看到铜版纸的样子，因为其他纸张毕竟看上去还是过于单行本化。

所以，最后经过我们主编代琮以及美编们对于大家一些反馈意见的采纳和各方面的考究及策划之后，最终选择从第二辑开始尝试启用一下铜版纸。即使期间顶着铜版纸因智利地震等因素价格一度疯长的风险，而我们在一再压缩成本又保证质量的情况下，还是成功实现了第二辑的价格稳定，并期望今后能够再对价格进行可观性的下调。

其次，内容方面的重点和一些改变。

专栏部分，第一辑中代琮的那种孤单安静与忧伤善良的气息，在经历《幻雪静谧 花落忧伤》和《记忆》之后，一瞬间又在散文《念》（上）之中再次浮现。而本辑代代的《念》（中）还将再次以他那独特、安静、诗一般忧伤的文笔，继续他那触动我们心灵的所念所想。孙睿仍然在百忙之中再次给大家带来了这篇语言犀利、视角独特的《寒暑假里的那些事儿》，"青春的记忆"仍将继续。本辑专栏最大新鲜亮点莫过于"暖伤青春"风格的开创者、华语界的新感动天后辛夷坞的加盟，相信辛姐的这部首次大大突破以往风格的短篇力作《说好了要回来》（上）的出现，必定会让喜爱辛夷坞作品的读者朋友们一饱眼福、感叹不已。

  连载部分，《荏苒》书系本年度重磅力推的代琮的最新长篇《青春梦祭未殇》仍将精彩继续。虽然谁都知道这是代代首次尝试长篇的写作，但在看过第一辑连载之后，这样如此宏大的一个最具时代的开场铺垫，已经足够让小编们牵肠挂肚或者万分期待了呢。本辑的故事中，这群生活在这个拥挤的时代下的北京都市里的年轻人们，他们的喜怒哀乐、悲欢离合、尔虞我诈，随着矛盾冲突的不断升级，即将在好似淡淡而又安静的生活气息里慢慢铺展开来。

  "鲜为人知"的任务事件专访栏目，本次是继美国NBA巨星麦迪之后，再次把握青春与梦想的主题，回归文学艺术层面上来。我们对"暖伤青春"的新感动天后辛姐（辛夷坞）进行了一次生活、事业、青春和梦想的刨根问底的访问。当然不容错过。

  短篇小说及散文随笔部分，本辑的重点在于2007年新浪第四届青春文学大赛、淘酷网第二届青春文学大赛双料冠军，《契丹王妃》85后写手薇络，带来了这篇她的最新短篇作品《雨中相遇》，也是她继宫廷言情风格之后一种新文风的突破和尝试。

  还有《荏苒》书籍亲情打造的首创的青春书籍里的有关国学知识讲述的"朝斯夕斯"栏目，继本辑有关"时辰"的知识讲述后，下一辑中，永隽老师会继续为大家讲述有关清代名臣曾国藩的故事。

未知地文化（《荏苒》书籍）编辑部

幻言静谧 花落忧伤

有些天代不做确定是在梦里
那本注住的许多闪烁的瞬间很久以后还栩栩可见
我开始有目地寻找往日时间段的错误里
良一边追寻温花乐的永久感幻像徐补了很多现实中的遗憾

当然 离开了黑门的世界
我怎能悲惨禾期所有的一切可能公开失得无影踪

2009年5月隆重上市！

2009年度80后青春派写手代珠整理改版处女作散文集《幻雪静谧 花落忧伤》，
重新带领大家用心感触和审视自己那份最初的情愫——孤单、忧伤，
安静 善良。

山东文艺出版社

那些曾经的日子，那些曾经的故事，那些曾经的记忆，好似都已经香又远去了吗？有些事情，在你的内心真的已经变得无限遥远了吗？也许岁月尽头传来的声音，像是洪荒年代的内心咸言。所有人都望而却步……

《记忆》2009年5月隆重登场！

80后青春派写手代表继《么么静遗花谢伦的》之后，重装打造更加别样的艺术风格体系，再次挑战自我文学创作巅峰，以纷繁瞬间却又龙本的思绪情感，电是望尘而不及的情感遗憾。一个不一样的华丽影像故事，一部美似于文本电影的全新形势小说。正所谓"光阴稍纵即逝。记忆不可重来"

《荏苒》第二辑读者调查表

荏苒 第二辑（身份认证，*为必填）

* 姓名：　　　　性别：　　　　年龄：

* E-mail：

* 通讯地址：

* 邮编：

* QQ：

《荏苒》内容调查

请用"√"选出您最喜欢的5篇文章

□ 念（中）　（代琮）

□ 暑假里的那些事儿　（孙睿）

□ 说好一定会回来（上）　（辛夷坞）

□ 青春梦祭未殇（二）　（代琮）

□ 被风吹散的时光（二）（汀草）

□ Hakuna Matata（二）（化石里的吻）

□ 一抹尘埃（二）　（刘苏）

□ 雨中相遇　（薇络）

□ 明山（下）（带玉）

□ 只属于你的黑暗　（梵高先生）

□ 早安，雏菊　（周苗）

□ 迟到了半个夏天的告白　（陶子）

□ 濒死幻境　（庄子衣）

□ 隐忍的曼陀罗　（水一）

□ 一望无际·年华　（渣子龙）

□ 普罗旺斯的花季　（四岁就变坏）

您最喜欢的栏目版块是

　　　　□ 如影随形
　　　　□ 鲜为人知
　　　　□ 专栏
　　　　□ 山花烂漫
　　　　□ 倾国倾城
　　　　□ 沧海桑田
　　　　□ 琴瑟和鸣
　　　　□ 朝斯夕斯
　　　　□ 未知地

喜欢的原因：

"包打听"为您服务

您想知道哪位作者或者编辑们以及《荏苒》的任何事情，Tell me，包打听为您一站式快捷提供（请写明具体问题，详情回答见下期《荏苒》"未知地"版块之八卦报栏目）

"包打听"向您咨询

1. 您是在何处购买到《荏苒》的？

□ 大型书店　　□ 小型书店　　□ 报亭书摊　　□ 网络　　□ 其他（具体　　　　）

2. 您购买《荏苒》的原因。

□ 我是代琮的书迷　　□ 封面吸引人　　□ 喜欢文学　　□ 习惯性购买

□ 喜欢其中的某位作者　　□ 因为某位明星的加盟推荐

3. 您除了《荏苒》还经常购买哪些杂志？

4. 您觉得哪些栏目需要扩版，哪些需要调整？

5. 您觉得本期杂志总体如何？

□ 非常喜欢　　□ 喜欢　　□ 一般吧　　□ 不太好

留言板：

非常感谢您的支持和参与，请认真填写之后寄回，每期我们将从中抽取十名幸运读者获赠《荏苒》大礼包一份。礼品很丰厚哦！

*《荏苒》全国销售向导

《荏苒》第二辑热销中
《荏苒》第三辑开始预购
登录《荏苒》官方论坛http://www.dcrenran.com注册会员
进行预购，待书上市后，将第一时间为预购的读者送上新书。

地区	书店/公司	地址	电话
北京市：	科文书业信息技术有限公司（当当网）	http://www.dangdang.com	010-51236045
	北京西单图书大厦		
	北京王府井新华书店		
	北京驼铃歌图书公司	北京朝阳区甜水园图书市场224号	010-65934357
上海市：	上海书城		
	上海天地图书有限公司	上海永嘉路15弄9号	021-64150238
	上海九久读书人文化实业有限公司	http://www.99read.com	021-54960808
天津市：	天津新星书局	天津市南开区长江道图书批发市场3区30号	022-27694843
广东：	广州购书中心		
	广东新世界书刊发行有限公司	广州市海珠区建基路图书批发市场A025	020-34292249
	深圳市鑫文海文化发展有限公司	深圳市福田区八卦三路522栋1楼	0755-82446937
江苏省：	江苏凤凰集团图书发行中心		
	南京万博文化传播公司	南京市鼓楼区中山北路105号长三角出版物市场一楼42号	025-8331186
	大众书局各门店：上海美罗店	肇嘉浜路1111号美罗城4楼	021-64268955
	上海福州路	福州路579号2楼	021-63222511
	上海正大店	陆家嘴西路168号正大百货8楼	021-50988818
	南京书城店	南京市中山东路18号1-5楼	025-86982999
	南京大厂店	南京大厂区葛关路298号永利购物中心4楼	025-58373801
	南京湖南路店	南京市湖南路255号3楼	025-83243905
	扬州时代店	扬州市文昌中路537号时代广场4楼	0514-87333376
	连云港店	连云港市新浦区华联商厦	13675207373
湖北省：	武汉理想文化	武汉市江岸区兴业路特9号华中国书交易中心C-205号	027-85498125
湖南省：	湖南魅丽文化	长沙市雨花区万家丽中路59号出版物交易中心C-530	0731-88282825
四川省：	四川省新华书店		
	四川星洋文化	成都市东三环二段77号辅道外侧深保物资院内	028-66262972
江西省：	南昌市佳丰书社	南昌市洪都北大道图书城2楼52号	0791-8596397
重庆市：	重庆书城		
	重庆渝中科教文书店	重庆市菜园坝珊瑚地下城书刊市场C区25号	023-63906181
福建省：	福建漳州曙光图书：	漳州曙光高教书店	0596-6357888
		厦大漳州校区曙光高教分店	0596-6895588
		漳州高校园区曙光书社	0596-2593588
		福州农大店诚志读书长廊	0591-83779588
辽宁省：	沈阳金秋图书有限公司	沈阳市和平区文化路44号图书市场335号	024-23913598
	大连双卿书店	大连市沙河口区西安路107号图书市场B区3号	0411-84522148
黑龙江省：	哈尔滨青年书店	哈尔滨市道外区滨江街100号203室	0451-88345809
吉林省：	长春超越文化	长春市北京大街2号图书批发大厦1楼35号	0431-82724968
山西省：	山西无界书社	太原市建设南路699号1114B	0351-7062913

内蒙古：	赤峰市硕恒书店	内蒙古赤峰市新城区二中北门（全宁街）	0476-2390545
	内蒙成功书店	内蒙古自治区呼和浩特市邮校北巷	0471-6966795
	内蒙古正大书社：	包头市：包头市东河区图书城	
	(0472-4845068)	呼市：呼和浩特市赛罕区大学城	
		鄂市：鄂尔多斯市铁西区花园小区底店	
		达旗店：达拉特旗达一中对面	
		托线店：托克托县十字街口西北角	
新疆：	新疆乌鲁木齐市鑫亚飞书刊发行部	乌鲁木齐钱塘江路216号新疆出版物交易中心三楼3021	0991-5588303
广西省：	广西省新华书店		
	南宁市民生图书发行有限责任公司	南宁市金湖路53号广西图书批销市场1楼110号	0771-5515797
贵州省：	贵州省新华书店		
	贵阳艺海图书发行有限公司	贵州省贵阳市玉溪路17号邮政老枢纽图书市场20号	0851-5983886
云南省：	云南省新华书店		
	昆明春晓图书经贸有限公司	昆明市新闻路348号图书批发市场5楼	0871-8055452
安徽省：	安徽省新华书店		
	合肥新腾图书有限公司	安徽大市场7区1846-1847号	0551-4230598
甘肃：	甘肃新世纪书刊有限责任公司	兰州市雁北路780号图书市场一楼110室	0931-8519205
河北省：	河北花山书店	石家庄市友谊南大街86号	0311-83028610
山东省：	山东省新华书店		
	山东省各地市大润发/银座超市内书店		
	济南联合书社	济南马鞍山路文化市场515号联合书社	0531-82905199
	东方学林书店	济南市马鞍山路46号文化市场内304-305号	0531-82076737
	济南泉城路新华书店		
	青岛宏一大样图书发行有限公司	青岛市昌乐路文化市场内521号	0532-83831425
	青岛书城		
	淄博新闻书店	淄博市中心路140号图书市场南门新闻书店	0533-6283104
	淄博博山谁人书社	博山公交总站西冶街谁人书社	0533-4136906
	淄博临淄教育书店	临淄闻韶路103号教育书店	
	淄博张店区华光路大润发超市2楼小灵驹图书		0533-2289009
	潍坊新闻书店	潍坊奎文区潍洲路图书市场136室新闻书店	0536-8221551
	烟台市新华书店		
	烟台美特好超市（开发区）		
	烟台美特好超市（幸福路）		
	山东万叶文化传播有限公司（万叶图书公司所有门店）		0546-8200851
	滨州新书城	滨州渤海五路529号新书城	0543-3315522
青海省：	青海西宁万鑫书页有限公司	西宁市长江路120号恒德大厦批发市场	0971-8227041
浙江省：	博库书城		
	杭州新视角图书有限公司	杭州市登云路639号文化商城3楼3-67号	0571-88256075
河南省：	河南省新华书店		
	郑州新文书店	郑州市陇海西路99号中区19号新文书店	0371-67647345

更多评论、导购详情，敬请访问 http://www.dcrenran.com

黄磊 蔡明
孙睿 大鬼 辛夷坞 周伟童
蒋雯丽 球星麦迪
鼎力推荐！

2010年这个文学书刊界的新贵
——青春文艺系列书籍《荏苒》值得期待！

《荏苒》系列书籍，是以文学（小小说、散文、长篇连载）为主，以电影、音乐、影像、国学、戏剧、人物事件专访等艺术元素为辅的青春文艺系列丛书。

由山东文艺出版社出版，山东淄博未知地文化公司荣誉出品，由新锐作家代琮担当主编，整合现有文学艺术资源，真正意义上的80后团队制作，同时力邀青春作家孙睿、辛夷坞等与代琮一同加盟专栏创作，NBA球星麦迪破天荒首次做客青春文艺丛书接受采访，代琮的首部长篇力作《青春梦祭未殇》已于《荏苒》1开始强势连载，也是青春文学有史以来明星推荐阵容最多最强大的一次。

就在不久前,我看到了向往中的晴天与稻田

当时一个人站在太阳下陪着你头皮发们

总想曾经跟你一起寻找人片人片稻田的情景

那天,郊区的公牛我们体到成块冰层一无所获

情绪开始低落,回来的路上你一直都陪着我的手……

那么忙,那么近,那么近……

那远,那近……

摄影/Seven

摄影/Seven

或远,或近……

摄影/Seven

或远，或近……

摄影/Seven

嗯，嗯……

摄影/Seven

呐喊，呐喊……

摄影/Seven

摄影/Seven

吱吱，吱吱……

摄影/Seven

寄语

写给《荏苒》的几句话

前几天翻看一本时尚类的领军类的大名号的大娱乐杂志，厚到翻不开，满眼尽是各色品牌不断推出的广告和各类名人深入骨髓的采访。合上杂志心想太多的时尚概念已被名利置换。固然名牌名人是时尚的一部分，可心中还是以为文艺甚至人文也该更时尚。也许更时尚呢。

《荏苒》，好听的名字。是一群非常年轻的朋友要开办的一本关于文学、电影、音乐等为主的时尚类作品。听起来就让人期待和兴奋，关键是让人想象得到其中一定充满活力。所以《荏苒》将是与众不同的。探讨和呈现有些被边缘化的主题和内容，用的都是年轻和时尚的观念和角度，真的很好。

匆匆写几句，希望是个开头，也许将来还能有机会积极投稿发表呢。祝福《荏苒》，更为这群年轻的朋友加油，青年的勇气永远都是最珍贵的。

——著名导演、演员、歌手
黄磊

贺《荏苒》创刊！

《荏苒》折射出的金色
不是黄金沉淀淀的金
不是落叶轻飘飘的金
是青春梦幻的金
是心灵相遇的金

愿这金色
永远伴随你的一生……

——著名演员
蒋雯丽

青春和文学
在《荏苒》中长大！

——著名作家、《草样年华》系列作者
孙睿

祝《荏苒》越办越好。
时光荏苒，佳作常青！

——著名作家、《致我们终将逝去的青春》作者
辛夷坞

写作是很酷的事情
让我们在文字中永生！

——电影《爱情呼叫转移》系列编剧
束焕

记录光阴的故事，
留住岁月的葱茏。

——著名艺术家
蔡明

支持代琮关注80后的思想，
《荏苒》会给你带来惊喜！！

——著名模特
周伟童

暖伤青春代言人
——辛夷坞专访

辛夷坞,一位让人一眼看上去就很才女的才女。1981年出生,就基本性格、性情、言谈举止而言都不失80后的风范。籍贯广西南宁,起步于起点中文网专栏创作,现为北京"悦读纪"文化公司签约作家。青春将逝未逝,业余爱好空白,聊以写文谋杀时间。无远大抱负,热衷一切小情小趣的事物,但并不迷恋。平生最大的优点就是不感性,不较真;最大的缺点是明知故犯。被媒体誉为80后作家的新领军人物,独创"暖伤青春"系列女性情感小说:《致我们终将逝去的青春》、《原来你还在这里》、《山月不知心底事》、《晨昏》、《许我向你看》,新作《我在回忆里等你》于2010年1月26日全国重磅首发上市后立刻再次在青春文学领域引起一阵购买阅读热潮。同时其所有作品均被多家影视公司签约改编拍摄,《致我们终将逝去的青春》也被北京大鬼兵团改编成为话剧,即将于2010年上半年搬上话剧的舞台,据知情人透漏,不排除辛夷坞出演其中角色的可能性。因此她被媒体和读者追捧为华语界的"新感动天后",也是未来最值得期待的影视剧作家、编辑之一。

辛夷坞走上文学创作之路,怎一个"闲"字了得。

之前辛夷坞供职于南宁某国企,兼职写作,后因作品备受各界关注又因难以适应那如公式般的工作生活,所以具备80后特质向往自由与改变的她毅然辞去这份收入可观的稳定工作,开始了自己的全职写作生涯。

现在辛夷坞回忆起当时的自己怎么走上文学创作这条道路时，她也觉得十分偶然，她说当时也跟很多网络写手一样，写作的初衷也是因一个"闲"字。2006年她有一段特别空闲的时间，一个星期六中午，她抱着笔记本电脑在床上看小说，忽然想，要不自己也试着写点什么吧。一时冲动，就开始写了，到黄昏的时候已经写了近两万字，那就是她最早在网上连载的第一部小说《原来你还在这里》的开头。在辛夷坞看来，当时写作于她是本职工作之外的一种愉悦，她热爱自己笔下的人物和他们的故事，随他们的悲喜去尝试另一种人生。她期望她的小说能触动越来越多的人内心柔软的部分，让大家觉得，看自己这本书绝对是值得的。

之后有人将包括《致我们终将逝去的青春》等在内的作品定义为"新都市言情小说"。对此，辛夷坞表达了她个人的理解，这样定义可能主要是因为小说讲述的多是80后年轻都市男女的故事。80后是新成长起来的一代，他们的思维方式跟生活方式有这个年代生人的特别之处，自己作品里的人物设定和情节都是大家所熟悉的，也比较普遍典型，因此被称之为"新"都市小说吧。至于辛夷坞，她定义自己的作品，就是"我们这一代人的故事"。

辛夷坞小说的结构方式独特，每个人的生活都是一部精彩的故事，并且与别的人有千丝万缕的联系。所以，辛大所写小说人物关系交错，每一个看似可能只是配角的人物，总会在另一部小说里成为主角。通过前伏后起的方式，将读者带入一个她所构造的G市，道尽现在男女的悲欢离合。

专访：

荏苒：辛夷坞你好！很高兴你能在百忙之中接受我们《荏苒》的这次专访。知道你的新作《我在回忆里等你》最近刚刚出版上市，那就先来给我们大家介绍一下你的这本最新力作吧。

辛夷坞：你好。我也很高兴能在《荏苒》这样刚面世不久、充满了生机的系列丛书里跟大家见面。《我在回忆里等你》是我最新的一部作品，依旧是现代都市题材的爱情小说，还是我一贯的风格。关于情节和内容我在这里就不占用版面详说了，有喜欢的朋友不妨去看看。

荏苒：我知道，很多80后的女生都是看着琼瑶的小说和席慕容的诗歌长大的，那么在你自己的作品的构思或者文笔等某些方面，是不是也多少会受到她们潜移默化的影响呢？又或者说，哪位文学前辈和大师的作品的哪些方面对自己影响最深刻呢？

辛夷坞：说起来我在阅读方面是不折不扣的杂食动物，没有特别喜好的风格，什么都看，来者不拒，尤其是在读书时代，从琼瑶和席慕容的作品，到席绢、于晴，还有亦舒、李碧华、张小娴，包括安妮宝贝和当时看得似懂非懂的村上春树……这些作者的书都在我的课桌上偷偷出现过，除了言情类的作品，武侠、推理、恐怖悬疑小说都是我喜欢的。到了后来网络小说盛行，我又加入到了追文者的行列里。我是那种拿着一份电视报也能饶有兴味地看上一个下午的人。很难说自己的写作受到谁的影响比较多，应该都有一些吧，具体孰深孰浅，早就混杂到我自己都说不清了。不过印象最深刻的还是张爱玲的作品，看完后那种荒凉感给了我很大的震撼。

荏苒："木末芙蓉花，山中发红萼。涧户寂无人，纷纷开且落。"这是唐代大诗人王维的一首诗，名字就叫《辛夷坞》。那不知道辛夷坞是不是也是你的真名，如果只是笔名，那为什么会用辛夷坞这个名字呢？或者说想要表达的含义或者代表的又是什么？

辛夷坞："辛夷坞"是个笔名，我写小说时临时起意的，当时刚看过王维的《辛夷坞》，正好自己也挺喜欢这首五绝的，就顺手拿来做了笔名。没有太多特别的含义。

荏苒：以前写作只能算做你的爱好，现在当它正式成为你的日常工作和事业，你也成为一个知名作者的时候，是不是对待自己有了不一样的要求和看法，有没有感受到什么压力？

辛夷坞：在我看来，最大的压力往往来自于自我突破。一个人的灵感毕竟是有限的，如何在继续创作的同时不落入往日的窠臼，在求新的同时力求更好，同时在自己主观试图表达的东西和读者的喜好中寻求一种微妙的平衡点，这是我目前考虑得比较多的问题。但我一直试着不把写作当做一个负担，不管现在的工作状态如何，是兼职还是全职，都始终把它当做一种喜好，只写自己感兴趣的东西，累的时候就先搁下，多给自己空间，多去感知周围的世界，这才是灵感的源泉。我不喜欢为难自己，假如真有一天为了该写什么而苦恼，就到了该停下来的时候，那就不写了。我想除了写作，生活中还有很多值得尝试的事情。

荏苒：一般都在一天中的什么时间创作？怎样调节好自己的身体与精神状态呢？
辛夷坞：我偏好在深夜写东西，这大概是在以前还正常上班时养成的习惯，因为白天有自己的本职工作，只能晚上写写。改变习惯是一件远比养成习惯更困难的事，再加上深夜安静的环境确实更适合写作，所以我基本上是个夜猫子，非得到夜深人静的时候才有敲键盘的兴趣。这不是个好的生活习惯，我的家人也一直在提醒我，不过在纠正这个习惯之前，就只能靠白天多多补觉来弥补了。

荏苒：自己平时创作的速度是怎样的？在写作的时候是不是会跟着其中的情节走？
辛夷坞：每小时大概在500~1500字左右，速度不快，除非赶稿期，也不会每天都写，不过一旦写起来我会在电脑旁待上很长时间，通常会写完一章才休息。写作的时候是肯定会融入到书里的情节中去的，如果作者本人都不够投入，我想这个作品也很难打动别人。

荏苒：会不会把现实生活中自己所遇到的、或者自己精神状态中所联想到的事情和思想加入到自己作品的故事情节当中去呢？
辛夷坞：会的。

荏苒：在写一本书之前，是会按照传统的套路拟出大纲、塑造好人物、整理出故事发展的思路呢，还是不会去想这个故事要有怎样的结尾，跟着自己的感觉走？
辛夷坞：我属于前者。必须在确保理顺了整本书的情节，拟定了所有出场人物的性格、命运走向，写出详细大纲之后我才会动笔，从写第一个字开始，所有的文字和情节都是为预期的那个结局服务的，中途很少变更。就好像一栋大楼事先浇灌好了框架，再往里面砌砖一样。

荏苒：平时会不会去网上看网友对自己书的评论？会不会根据大家的意愿去改动自己接下来的创作思路和动机？

辛夷坞：有时会看，有人评论代表着有人在关注这个作品，这是作者写下去的最大动力。但不会根据读者的意愿去改变我写这个文章的初衷，就像之前说到的，从动笔开始，我写的那个故事就已经有了结局，我觉得只有这样，故事才会更严谨，我试图表达的东西才会始终一致地贯穿在整个故事里。

荏苒：我知道有一位70后出生、名叫舒仪的作者，在她的很多作品中常常会有相同人物在几部作品中同时出现，那么你的每部作品好像也是这样一种情况，想问的是，是你自己特意保持的吗？还是受什么影响？

辛夷坞：我试图在我的小说里构造一个属于我的小世界，那些书里的人就活在这个世界里，彼此相关，彼此影响，这本书的主角在另一本书里也许是个配角，也许是个路人甲，他的一个不经心的决定有可能影响了另一本书里主人翁命运的走向，这是一件很奇妙的事情。其实在现实中，每个人的命运不也是在不经意中被无数微不足道的关联所左右吗？其次，相同人物的反复出现还有个好处，那就是省却了不少为人物取名的麻烦。

荏苒：说说你在出第一本书之前和在那之后现实生活中出现了哪些不同和变化吧？

辛夷坞：最大的变化就是我再也没有闲得无处打发的时间了。

荏苒：生活中的你是位宅女吗？你平时的生活状态是怎样的呢？除了写作还有什么其他爱好？

辛夷坞：是啊，我平时是很宅的，睡觉、写文、上网、看电影、看书、玩魔兽，闲暇时短途旅行，这基本上就是我生活的写照了。

荏苒：爱美是女人的天性，谈谈自己内心对于"美丽"的定义吧？以及对于平时穿着和护肤的一些认知和秘诀吧？

辛夷坞：美丽的定义是很主观的，而且因人而异，我喜欢不突兀、不咄咄逼人，第一眼不过是让人感觉舒适、走过去之后忍不住回头再看一眼的那种美丽。至于护肤和穿着，这个话题对于每个女人来说，都是需要很长的篇幅去叙述的话题，这里就暂时不占用宝贵的版面了。

荏苒：你觉得在你身上有什么80后共同的特征体现？你又是怎样看待80后甚至90后一代的？

辛夷坞：更尊重自己内心的愿望，更爱自己，更宽容世界的多元化，更适应变革……其实我觉得用简单的词汇来概括或形容80后、90后是件很困难的事，每个时代铸就每个时代的人，无谓好坏对错，不过是适时而生。

荏苒：80后有的人已经开始跨入三十岁的门槛了，你觉得80后离青春的结束或者更确切到你自己离青春的结束还有多远？老话说"三十而立"，那当80后陆续进入而立之年后，你认为自己又该更多地去关注一些什么呢？做些什么？改变些什么？

辛夷坞：我小的时候对自己未来的构想就截止到三十岁为止，因为那时我觉得三十岁以后人就老了，完全没法想象自己老去会是什么样子的。可是一转眼我现在就在三十岁的门槛外了，才发现其实远离青春、步入成熟是件很自然的事，也没什么可怕的，时光的流逝是很自然的事，拒绝它才可怕。三十岁之前，人就像在漫游，四处找自己的方向，新奇且莽撞，三十岁之后，不管是主动还是被动，路已经铺在脚下，最重要是怎么好好走下去。

荏苒：你的书迷以及很多专业媒体，有的喜欢把你的作品定位为暖伤格调，有的则认为是悲伤风格，那你自己是怎么看待这一点的？

辛夷坞：我不太会形容自己，为自己定位是件很困难的事，包括"暖伤"这个词，我也是后知后觉在网上看到，才知道那是用来形容我的。不过如果和"悲伤"相比，我觉得"暖伤"也许更适合我一些，我认为我的书里虽然有悲伤，但不是绝望的，总还可以找到一些温暖人心的东西存在。也许这就是"暖伤"的来由。

荏苒：毫无疑问，你在青春题材的创作领域无疑是成功的，那以后随着时间的流逝和年龄的增长，还会延续这种作品的形式呢，还是会进一步尝试其他的改变？

辛夷坞：顺其自然吧，转变风格其实也不需要刻意为之，随着年龄和阅历的变化，看到的、感悟的、写下的东西很自然会有变化。

荏苒： 觉得2009年对你来说是怎样的一年呢？自己对2010年有什么新的要求和期待吗？或者说对今后的写作和事业有什么新鲜的规划？喜欢娱乐吗？对于电影、电视又或者是音乐等行业有什么自己的想法和打算吗？

辛夷坞： 2009年，我有两本书面世（《许我向你看》、《我在回忆里等你》），一部作品成功改编为音乐剧（《致我们终将逝去的青春》）、所有的作品都签出了影视改编权。2010年最大的期待就是《许我向你看》和两本书改编的电视剧正式投拍，以及大鬼导演的《致我们终将逝去的青春》话剧正式和大家见面。影视版权的签出给了我更多新的尝试空间，比如说编剧，我想这会是我以后发展的一个新的方向。同时，在2010年里还会有一新书在出版计划里。这样说起来，我自己也觉得好像挺充实的。

荏苒： 有没有想过你的作品当中有什么角色符合现实中的自己？你的许多作品都已经签约了影视公司即将拍成影视剧了，如果某一天收到了制片方的邀请，你会同意尝试去出演其中的一个角色吗？

辛夷坞： 都有一点像，但都不是我，出演估计不会，我还是更倾向于尝试自己能够胜任的挑战，而且我觉得制片方应该也不会那么做吧，哈哈。

荏苒： 对于你来说，理想的生活状态是什么样的？什么又是生活，什么又是幸福呢？

辛夷坞： 理想的生活状态就是对现状感到满足，哪怕这现状在别人看来不甚理想。你想要什么生活，得到了，就很幸福了。

荏苒： 去年的时候你毅然辞去了南宁某国企的工作开始了专职写作，谈谈那个时候的自己做这个决定时内心的某些真实想法吧。或者是什么让自己最终下定决心做了这个决定？当时家里人支持自己吗？

辛夷坞： 其实我对原本的工作没有任何的意见，国企很稳定，收入尚可，对于一个女性来说算是理想的，在里面工作，你可以大致设想出三十年后的自己会是什么样子。可是忽然有一天，我害怕这个设想里三十年后的自己，我觉得我可以尝试另一种生活方式，那就赶紧地，趁着我还有改变的勇气，就辞职了。很多人问我，写作带给我最大的好处是什么，在这里我要说它最现实的一个好处，那就是它给了我那一霎改变的支撑。当然，我先生对我所做决定的支持也很重要。

荏苒： 问个有点八卦的问题，听说你已经结婚，能简单描述一下你爱人吗？或者自己与他之间的一些经历和故事？现在有没有做母亲的打算？

辛夷坞：我们很年轻的时候就在一起了，幸运的是，我们长跑后能到达终点。如果非要描述他，我只能说，他是很适合我的一个人，让我觉得与这个人相伴一生是件让人满足的事。至于做妈妈的打算，目前暂时还没有。

荏苒：每一个被我们《荏苒》"鲜为人知"栏目所邀请的做客嘉宾都是具备青春和梦想的人。所以《荏苒》有个习惯，就是每到采访的最后，都会邀请或者希望做客的嘉宾回到我们这个栏目的青春、梦想的主题和宗旨上来，结合自己的人生和生活来谈谈你内心对于青春和梦想这两个词语的理解吧？或者是对于自己过往的青春、梦想的总结也或者是对于自己未来的青春、梦想的展望吧？

辛夷坞：正如故乡是用来怀念的，青春就是用来追忆的，当你怀揣着它时，它一文不值，只有将它耗尽后，再回过头看，一切才有了意义——爱过我们的人和伤害过我们的人，都是我们青春存在的意义。这是《致我们终将逝去的青春》书里的一句话，我觉得用在这里也是再恰当不过了。

荏苒：好了，感谢辛夷坞接受《荏苒》的这次采访！请辛夷坞对我们《荏苒》以及你的读者和书迷们送上句祝福的话语来结束我们本期的访问吧。

辛夷坞：除了感谢，还是感谢。感谢我的读者一直以来对我的支持，也感谢《荏苒》给了我一个与大家交流的机会。祝《荏苒》越办越好！谢谢。 **The End**

专栏

念（中）

文/摄影 代琮

代琮

《荏苒》主编，80后青春派作家，
已上市作品有《幻雪静谧 花落忧伤》、《记忆》，
新作《青春梦祭末殇》连载中。

06.
　　站在窗台前，我看到了窗外暖色调的路灯，以及其他在这个夜晚里依然还在亮着的灯火。银色而又高贵的月光稀疏洒了进来，我听到了阳台上风铃清脆的叮当声响。打开冷气让它充足地驻满房间，一个同样还是听不到任何嘈杂的、安静的夜晚。

　　现在还清晰记得，很多年前，一个人在大雪纷飞的冬天，背着行囊第一次从北方的一座小城前往北京的样子，以及那个时候的喜悦心情和那个时候的北京。
　　那时的我年幼而且单薄。甚至可以说还很单纯天真。当火车开始放慢速度缓缓地进驻北京站的时候，我迫不及待从卧铺上一个侧身翻了下来，我兴奋地看着车窗外白雪皑皑的北京城，心里默默地念叨："到北京了，这就是我想象中的北京。"
　　那时候的北京早就有了地铁，不过只是两三条线路，人工检票，票价也不统一。那时候北京的东三环国贸中心以及四周地带的CBD区，还没有像现在这般宽阔大气、高楼林立。那时候北京的酒吧夜店大多都集中在三里屯的使馆附近，后海还只是个游客如织的地方，夜生活还没现在这么丰富。这都是我那个时候的直观所见，一切在我看来却都那么新鲜而又陌生。也就这些。

到了大学的时候，因为一些事情和要见一些朋友，从武汉去过几次北京。

记得那一年，我年长了一些。K也是那个时候我在北京的唯一一位朋友。

在火车快要驶进西站的时候，频繁而又开心地收到带病还要执意前来迎接我的K发来的信息。他时不时地询问我是不是火车快要到站了，他说放心吧，他已经赶到了车站，现在就等在外面。然后还不忘问我这一次来北京想先去往哪里？想要吃点什么？

我站在忘记了多少号车厢的狭窄的走道上，然后又迫不及待地趴在车窗边，一眼就望见了一直等在这节车厢停靠的站台附近、四处张望的、身体虚弱的他。内心陡然有点心疼或者自责的情绪。

之后总结那一年的那段时光，记得他笑容依然干净地告诉我说，他自己真的是很不走运，先是弄伤手臂做了手术接着又是感冒发烧咳嗽不止。

下了火车，看到迫不及待地跑过来要帮我拿行李的他，我的第一句话就是回答他，我这次想先去趟后海。尽管他有些诧异，但他还是了解。

由于他身体还不是太好，所以谁也没有同意他自己开车过来。他在路边打了辆出租车后，还是那样理直气壮地开玩笑说这次不用他自己开车了，这次有了"专职司机"来接我。在出租车上,我忍不住问了他最近身体感觉怎么样,他皱了一下眉头,只简单回答了我三个字:"嗯,还好。"我知道他从来都不喜欢男人之间这样的婆婆妈妈。

07
现在的日子,常常开车或者坐飞机往返于北京与其他城市之间,有些时候常常也会待在北京很长一段时间,有些时候也会离开北京很久。对于我来说,一切都开始变得习以为常。

最近有的朋友告诉我说,害怕重复,尤其是重复着不想要的生活。那么反过来思考,是不是重复着想要的生活,就不害怕重复了呢?

不过,有的时候我还是喜欢一些重复的。

待在北京的时候,总爱开车经过长安街的附近,似乎觉得那样才最北京。赶上临时交通管控,放下车窗欣赏着路边的建筑,观察着地铁站口等车的人,突然还会发现昨天见到过的那个陌生的她,一点小小的惊喜就满足了。

几个人吃饭时就喜欢去建外的一家西餐厅,人不是很多也很安静,音乐很悠扬,甚至停车都不用太多周折,法国菜和意大利菜做得都很地道。

我们夜里喜欢去钱柜的朝外店和雍和宫店唱歌,一直都觉得那里的音响效果独一无二。每个人都可以陶醉在自己的声音里。甚至有的时候,我幻想自己真的可以出唱片当歌手了。

大多时间待在安外十七楼的房间里,早上的窗外,湛蓝的天空堆满了大朵的白云。看上去像西藏的天空一样纯美而且干净。到了夜里,最基本的消遣往往就是看电视,手持遥控器,固定的节目,固定的时间,固定的表情,固定的零食和饮料。每个晚上赶在十二点之前洗澡,之后打开电脑,浏览网页上的是是非非,最关键的是一写文字就会一直写到凌晨几点之后……

其实,谁也逃脱不了重复的命运。当我们发现重复的琐碎时,也看到了重复的美丽,体会到了重复的幸福。

08
记得鲁豫姐有一次公开跟大家这样说自己的感情:

"我们十三岁相识,十八岁相爱,二十一岁分开。九年后,我们又相遇,终于明

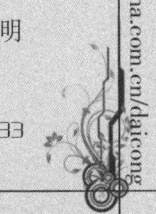

BLOG: http://blog.sina.com.cn/daicong

白，什么都不曾改变。我们之间没有求婚的过程，因为没有必要。我甚至觉得办结婚手续都多余。两个人在一起生活，要向别人申请，要盖章，我觉得别扭，而且，极不浪漫。可是，我们还是要结婚。"

每当提起这样波澜不惊的情感经历时，我还是会很自然地想起L，她是一位极不安静的女子。自从分别之后，大约已经快两年的时间我们没再见面。即使有的时候，我们生活和浪迹在同一座城市。

仿佛我们本该早就猜到的某些事情，过了一段不长不短的时日以后，已经顺理成章地实现。为什么我们还会得不偿失地在一些日夜奔波里，再次想起那些已经被很多人认为是百无聊赖的往事和故人呢？其实，我得承认，谈不上是依依不舍，内心里却有一点隐隐作痛。

时间过得飞快，直到2009年的秋天就要结束的时候，弹指间，离你们两个人相识的那个冰天雪地的北方小城的冬天，已经大约过去了六个年头。

六年，在这个被渲染得有声有色的时代，好像不算漫长得没有尽头，当然也不算短暂得难寻终点。如果要是再过六年，仿佛谁也不会知道，你们也可能都各自游荡在某地某方依然不能相见。

他这一次的归来仿佛没有再让你放心不下。你除了祝愿还是祝愿，你仿佛在痴笑地庆幸，你们就在缘分的波折里，郁郁寡欢地终结和消磨掉了六年的咫尺天涯。

也记得赵薇陈坤主演的电影《花木兰》里花木兰有过这样一段独白："有人说，离家太远就会忘记故乡，杀人太多就会忘记自己。在战场上死去，生命像雨水般落入大地，毫无踪迹。如果那时候，你爱上了一个人，希望会从泥土中重新绽放，热烈地拥抱生命。"

所以，任何一个生命里哪怕只是沧海一粟的瞬间或命悬一线的时刻，对于情感，我们除了信仰还是信仰。未完待续

专栏

青春的记忆——暑假里的那些事儿

文/孙睿
摄影/Json

孙睿
80后著名作家、编剧，青春文学领军人物，《逗》主编，已出版作品：《草样年华》系列、《活不明白》、《我是你儿子》、《朝三暮四》、《长大不成人》、《倒霉催的猫》。

我算了算，在我生活了有限的二十九年里，有十九年的时间是以学生的身份度过的，这意味着我有过二十八个寒暑假，对于学生来说，寒暑假最大的价值就是，可以痛痛快快地玩上至少一个月——我不相信有人能在寒暑假里比平时上课还抓紧时间——暑假的时间则更长，差不多得小两个月，每当九月一号开学，重返校园，我再次坐在教室里，看着黑板和讲台上的老师的时候，都会有一种陌生感，觉得像在做梦，还是噩梦。

　　这样算下来，寒暑假的时间加一块儿，得有两年多，也就是说，我光玩就玩了这么长时间，按说两年的时间，可玩的东西很多，但细细一想，发现并没有玩什么，什么原因呢，都是学校干的——各科目的假期作业以及开学后检查学生究竟是过了一个严肃紧张还是活泼可爱的假期的摸底考试，这些就像拴狗的柱子，看似没直接限制自由，但正因为它的存在，狗才跑不远，只能围着它转悠。大部分人可能和我一样，虽然不爱学，但远还没做到能对考试成绩以及需要家长签字等事项视而不见，所以，即使在假期里玩了，也玩得心不在焉，我好像在某一年大年三十的晚上，看着赵本山的小品，还在想，是否有必要边看边记些素材，写篇观后感以完成一篇日记的任务呢。

　　说到日记，其实就是写作文，这恐怕是最让学生头疼的。那个年代网络不发达，获取信息不像现在这么容易，东拼西凑就是一篇文章，那时候真得靠自己思考，或者瞎编。可是哪有几个孩子会思考啊，也懒得思考，于是只能虚构，但又不能过于科幻，否则老师会觉得你戏弄他，让你重写，基本还得是现实主义题材的，也不能流于平庸，于是，凡是不太正常的事儿，都成了写作素材，诸如爸爸修电表被电、妈妈扫雪滑倒摔骨裂、家猫吃了路边的死耗子不幸中毒身亡、菜里吃出虫子、水里喝出铁锈、七十岁的奶奶长出新牙、八十岁的爷爷生出黑发等，都被写进作文，结果作文收上去，老师看了一个劲儿感叹：学生们的生存环境竟然如此荒诞！

　　日记比作文对技术的要求更高，因为还要记下星期几，天气如何。如果日记真是每天写一篇，倒还好，捎带手就把星期几和天气写上了，但有多少人能坚持当天的事情当天完成呢,我相信很多人都赶在临开学前才开始补日记,一天补上个五六篇,为了显得不是一天写的,还要换几种笔的颜色,字迹也时而工整时而潦草,忽飘逸忽惆怅,以体现出每天心情的不同——让老师相信,这真不是一天赶出来的。星期几一查挂历就能推算出来了,但天气就麻烦了,不像现在,上网一查就知道了,所以需要每天记下天气,以便日后补日记的时候不穿帮。当然天气也可以去图书馆查,过去一个月的报纸上有天气预报,可既然是预报,实际天气情况就会出乎预料,那时候科技手段没有现在发达,预报下雨结果出太阳的事儿常有,报纸上还经常出现这样的漫画,所以为了真实可信,每晚临睡前,我都要在日历上写下晴、阴、多云、有风、小雪、暴雨……

放假的这段日子里,并不是彻底和学校脱离关系,根据各班情况,老师还会安排返校日,让学生带上已完成的作业接受检查,同时再带上抹布、脸盆、铁铲(下雪的时候)等,顺便替学校搞搞卫生。有些不爱干活的学生,或者前半个假期没写作业的同学,就以和父母出门了为由,拒绝返校。那些返校的学生,也并非真的热爱劳动和及时完成了作业,多数也是因为在家无聊,想找几个人商量如何让剩下的半个假期丰富多彩。抱着这一想法来到学校的不仅有学生,也有老师,放了假他们也空虚,以前他们天天面对调皮捣蛋的学生,突然不面对了,难免失落。我上中学时隔壁班的班主任是个男老师,平时不苟言笑,要求学生严格,有一年返校,检查完作业、做完扫除后,他和蔼地问班里的学生:你们要是不着急回家,我再给你们上会儿课,或者一起去操场打会儿球?

同样的事情也在我的班主任身上发生过,有一年寒假放假前,她把家庭住址写在黑板上,让我们抄下来,假期里给她写信,字数不限,内容不限,既可以是自己遇到的情感问题(通过这种方式袒露自己的同学,可不按早恋处理),也可以是对班里的建设性意见,畅所欲言,无视身份的鸿沟,民主平等,而且封数不限,多多益善。我估计,一个月见不着,老师也想我们,所以想了这么一种交流方式。而我的一个同学却龌龊地认为,老师的儿子喜欢集邮,所以想了这么一个办法。等到开学的时候,班主任说的第一句话就是,同学们,信我都收到了!据说,有的同学忘记了门牌号,便在信封上写居委会转XX老师收,有的同学写的是匿名信,把老师骂了一顿,还有一个男同学,把给班里女生的信寄到老师那儿去了,没想到这个男同学这么有文采。当地邮递员问我们班主任,X老师,您是利用假期开了一个知心大姐诊所了吗,怎么一下来了这么多笔迹稚嫩的信啊?

不知道别人怎么想,反正一提到寒暑假,我首先想到的就是《寒假生活》、《暑假生活》这两本习题集,里面好像涵盖了除了体育外所有本学期学过的科目,学生想偏科都不行。可能是为了让学生自测,每本后面都有答案,但是老师坚信学生只会把答案直接抄上,并不会真的自测,所以,为了不让学生觉得抄上就算完事儿了,老师还要求学生把计算过程写在一旁,光有答案,没有过程的,按没完成作业处理。于是每到假期即将结束的时候,这样的对话就会流传在学生中间:

A:把你的《暑假生活》借我抄抄?

B:傻X,后面有答案!

A:你才傻X,我知道后面有答案,我要抄过程!

B:操,我光把答案抄上了,过程我还等着抄你的呢!

本该轻松的假期,到了临开学,竟然比期末还紧张起来,我经常在这个时候,发现一个假期没摸笔,写字都生疏了,抄起作业来,速度也上不去,直到抄完整个假期的作业,才找到握笔的感觉,这时在心理上也能接受开学这个事实了。

开学后,各科老师的正式讲课前都会先垫上一句:该收心了啊!这时学生的普遍状态是,魂不守舍,眼睛盯着黑板,心里还想着假期里那种闲散的生活,只有那些想上好学校的好学生,早早就进入了冲刺状态,个别人,开学第一天上学的路上就不允许自己虚度了,手里拿着单词书开始争分夺秒,并能把这种状态保持到期末,非常人所能。

寒暑假对多数学生的最大作用,就是在上学上得快崩溃前,喘口气,然后回到学校忍五个月,再喘口气,这样,学生们就能较顺利地接受九年义务教育,不至于上到二年级就跟学习结下深仇大恨。当然,教育部也出于对学生的考虑,一年里最冷和最热的时候让学生在家里度过,少受寒暑之苦,这样,南方的学校夏天能省点儿电钱,北方的学校冬天也能少烧点儿煤。**The End**

专栏

说好一定会回来(上)

文 /辛夷坞
摄影/陈晓凡

辛夷坞

80后著名作家、编剧,青春文学新领军人物,独创"暖伤青春"系列风格。
已出版作品:《致我们终将逝去的青春》、《原来你还在这里》、《山月不知心底事》、《晨昏》、《许我向你看》、《我在回忆里等你》等。

亲爱的，请别轻易许诺，就算这世间的誓言如流沙上的足迹，总有一日会被时光湮灭，但是相信我，即使你忘记了，冥冥之中总会有人将它铭记。

嘉良原本不相信爱情的存在，直到他遇见了樨慧。

他更不相信灵魂的存在，直到樨慧在他怀里咽下了最后一口气。

怪只怪他和她曾经拥有的那些往昔太过甜蜜。嘉良仿佛还闻得到初见樨慧那天她发梢拂过时留下的洗发水的香气，还听得到她从他自行车后座传来的笑声，还看得见她在他一声口哨后"唰"地拉开窗帘露出的灿烂笑靥……有多少对学生时代的初恋情侣能在经历了多年爱情长跑后携手走进婚姻的殿堂？嘉良和樨慧就是那样人人称羡的一对。为了他们两人这圆满得不可思议的小世界，嘉良宁愿放弃父母在原籍为他安排好的称心工作，留在他乡和爱人一块打拼。在这个铭记了他们相爱相守全部过程的城市里，陈嘉良只是个事业单位清水衙门的小科员，他每天最开心的事就是准点下班去接他在银行工作的妻子邢樨慧，两人手牵着手一块走在黄昏时归家的路上，如此简单，可光想着，那幸福就满得快要溢了出来。就在不久前，小两口同行的路上又添了一员——小宝贝还藏在樨慧的腹中，医生说他会是个健康的孩子，嘉良握紧了樨慧柔软温热的手，深深地呼吸日落后微微有些潮湿的空气，感到有些诚惶诚恐，上天太厚待他了。

然而不过是一刹那间，什么都变了。事情发生得太过突然，嘉良只记得一阵尖锐的刹车声刺痛耳膜，当他回过神来，他的世界已彻底颠覆。铺天盖地的血红色铺满了嘉良的视线，随之而来的是路人的惊呼，后来或许还伴随着救护车和警车的长鸣，可他感觉不到，他什么都感觉不到，他只知道，那双温热的手在他掌心一点一点变冷。

嘉良睡了很长一觉，恍惚间，樨慧的手臂还爱娇地环在他的腰间，她怕冷又黏人，睡觉时总是侧身从背后紧紧抱着他，蜷起身体，像一只慵懒又霸道的猫咪。嘉良也喜欢这样亲昵的依偎，两具躯体密不可分，仿佛并作了一个人。

"槿慧，给我挠挠左边的背。"嘉良迷迷糊糊地嘟囔着。槿慧没有动，还是那样紧紧偎在他身后，嘉良动了动身体，腿部的剧痛让他瞬间清醒，那双缠绕着他的手瞬间消失，睁眼触目所及，是医院特有的白色，父母亲朋担忧的面孔出现在他的上方。

爸妈说，是一个酒后驾车的男人撞上了人行道上的他们，眼看闯了大祸，肇事司机还动过逃逸的念头，不过被心存良知的围观路人揪住了。嘉良的一条腿就是在这场飞来横祸中粉碎性骨折。至于槿慧和孩子，他们怎么样了？在场的所有亲人都很有默契地在嘉良面前选择了回避。

嘉良也宁愿自己可以回避逐渐如涨潮般涌现的记忆，可绝望的色彩是如此鲜明，伴随绝望而来的，还有死亡的气息。

他醒来的那天正好赶上槿慧出殡的日子，家里人原本是不让他参加的。然而当他们看到嘉良那双除了狂热的坚持之外只余下空洞的眼睛，谁也没忍心把那个"不"字说出口。

简单的出殡仪式就选在火葬场内设的灵堂里，例行的告别遗体这一环节被省略掉了。槿慧的整个人在失控的车子之下受创太过严重，车头将她拱出几米开外，最后还不折不扣地从她身上碾了过去，现场的惨状让见惯了事故的老交警都几乎不忍目睹，说是支离破碎也毫不过分，再完美的修复技术也不可能将她最后的遗容拼凑得可以示于人前，亲人们都宁愿记得她原本清丽可人的模样。唯有嘉良，他喘着气，不顾旁人的劝阻，自己将轮椅摇到了棺木之前，缓缓掀开了那层白布。

白布之下，不是尸体，是他的槿慧。

他低下头去亲吻她残破的嘴唇，轻抚她失了形状的小腹，那里还有他们的宝贝。

那一刻，为数甚众的亲朋竟没有一个人敢于上前拦住嘉良，他们低下头，除了不忍直视的神情，并无更多的震惊。他们的震惊早在听闻了车祸现场最后那一幕之后已被透支。据说救护人员赶到时，槿慧已经没了气息，嘉良拖着一条伤腿躺她的身边，抓着她的手臂环住自己的腰，两人就这么躺在满是血泊的马路上，任何近前的人都被他疯狂驱赶，直到他彻底昏迷过去。

他们都是知道嘉良是那样爱着槿慧，这爱足以屏蔽一切的恐惧，甚至可以暂时屏蔽生与死之间的距离。

槿慧走了，嘉良的天地崩塌了。生不如死的时候，他心如死灰，不是没有想过跟随她和宝宝而去,也试过了断自己,可被人及时救了回来,父母的悲伤和眼泪让他彻底丧失了再尝试一次的勇气。双亲渐已年迈,他们膝下只有他一个孩子,他经历了永失所爱的滋味,不忍这同样的痛苦让家人再承受一遍,就算为了父母,他也要往下活,直到命运把他带走。既然留不住他的爱人和孩子,就只能接受他们先一步离开。

曾经坚定的唯物主义者陈嘉良从此必须让自己相信人死后尚有不灭灵魂的存在,只有这样,他才觉得自己没有那么孤单。躯体会消逝,但灵魂不会。只要樨慧能陪伴着他,他不在乎是什么形式。送别她遗体的那一天,别人都没有听见他俯身时覆在她耳边反复倾诉的低语。

他说:"樨慧,答应我一定要回来。我在这里等着你,说好了一定要回来……"樨慧没有说话。嘉良了解他的妻子,往日里,这样的恬静的沉默也就意味着无声的允诺,这是相爱的人才有的默契。

说好了一定会回来。

可是她什么时候才能回来?

日子一天一天过去,嘉良折断的腿骨也日渐愈合,但是樨慧没有回来。

除了他梦境中往日的片段,嘉良找不到樨慧存在的痕迹,哪怕她是孤魂野鬼,哪怕是一丁点灵异的昭示……没有,都没有。

嘉良午夜醒来,身畔永远是空落落的冰凉,有时他听到一丝呜咽和响动,满怀惊喜,急不可待地去察看,每次都不过是夜里的一阵风。

他收留过一只缩在他门口的小猫,可笑到误以为这是她寄托在这种灵性的动物身上回来找他的一种方式,最后只能徒然怪自己痴傻。

他还试过所有能收集到的民间秘闻里与另一个世界交流的方式,包括往自己的双眼上涂抹牛的眼泪,传说这样可以让活着的人看见鬼魂,可樨慧依然没有出现在他的面前。

樨慧是个信守承诺的人,嘉良相信她也会同样思念着自己,那为什么还不回来?家里的每一处都还保存着她在时的旧模样,衣柜里是她喜欢的衣裳,书架上是她爱看的小说,什么都没有改变,它们也在等待旧主人的归来,却和嘉良一样失望。

嘉良出院后,在他家干了一年多的钟点工头一回在出事后上门打扫,她像往常一样吸尘拖地,突然被嘉良拦了下来。他从灰尘中挑拣出好些长长的发丝,将它们小心

专栏

翼翼地收拢在锦盒里,这是榫慧临走前留下的属于她的最后一部分。

钟点工阿姨可怜嘉良的情痴,私下告诉他,城里某个角落有位很是灵验的神婆,据说很多亡者的家人都找过她,并通过她和死去的灵魂对话,如果嘉良愿意,可以去见见她。

换成过去,只怕嘉良会立即斥之为无稽之谈,然而这时他毫不犹豫地去找到了那个人。

坐在神婆阴暗的小屋子里,嘉良听着那个丑陋的老女人做足各种仪式之后,捏着他提供的榫慧生前的衣服和头发哼唧了好一阵,最后恢复如常,睁眼看着他。他的满腔希望换来了神婆抱憾的一句话,她说她尽了自己最大的能力,却在"那边"找不到嘉良要找的人,同样,在他身上,她也嗅不到丝毫来自"那边"的气息。

再也无法忍受失望的嘉良被这最后一根稻草彻底压垮,他吼着说怎么可能,吼到最后只剩下了眼泪,这是什么神婆,她甚至不能编个谎言给他安慰。

神婆说,所有的人死后都化为鬼魂,大多数人死后魂魄都会很快投入六道轮回之中,能通过她与活着的家人沟通的,多半都是新丧来不及转世的那一部分。只有很少的一些魂魄因为各种各样的原因和执念不愿离开，又成功脱离阴司的桎梏，游荡在两界之间，这才成为人们所说的"鬼"。而鬼魂并不是永恒存在的，它的凝聚需要相当大的念力，念力越大，鬼魂的力量也就越强，但再强的念力也有逐渐消散的一天，当它彻底消失，就是它灰飞烟灭的时候，那时就彻底地坠入虚无，连轮回的资格也会丧失掉。

"可槿慧也是刚离开不久啊。"嘉良尤不甘心地追问。

神婆想了想，说道："这个我也不太清楚，有可能她更早地进入了轮回的行列，喝过孟婆汤，彻底忘掉前尘旧事，所以今天连半点她的痕迹也找不到。也有可能她的魂魄因为某种原因被冲击得太过零散，来不及聚集到可以被感知的地步。"

嘉良想起那钢铁的庞然大物猛烈而突然的撞击，心痛得很久才缓过气来，然而神婆所说的后一种理由让他精神一振。一定是这样槿慧才不能及时回来找他，她那么挂念他，怎么可能早早去赶赴轮回，等到她的灵魂重聚，一定会回到他身边。

可惜神婆接下来的话无疑是又给嘉良泼了盆冷水。"人的三魂七魄哪里是那么容易重新聚集的，那恐怕需要更大的念力，拥有这样念力的多半生前有天大的冤气或执念，即使有，也多半是厉鬼，只会去找债主索命，从来没听说过费劲千难万险回来见爱人一面的。"

嘉良哪里肯听，他只信一点，槿慧爱他，就如他爱槿慧，只要有一线希望，他就有等待的理由。他问神婆："假如我的妻子真的回到了我身边，以我的肉眼凡胎，怎样才能感知到她的存在？"

神婆想了想，找来了一面旧的镜子，镜子背后是朱砂的符咒。

"如果你一定要坚持，这面镜子可以让你照见来找你的鬼魂。"

嘉良给了神婆一笔可观的酬劳，假装没有看到她做成生意后的眉开眼笑，回家将镜子挂在了床头。从此凝视那面镜子成了嘉良独处时最常做的事。嘉良伤愈回到原单位上了班，活着的人生活总得继续，再没有让他早早下班去接的那个人，两年后，埋首工作的嘉良竟然受到了上司的赏识，升职做了部门的小主管。那面镜子所照出的世界和嘉良肉眼看到的并无不同，它慢慢地蒙上了灰尘……在槿慧离开的第三个年头，嘉良悲哀地发现，自己连做梦都很少梦见她了。 未完待续

青春梦祭未殇(二)

文　/代琮
摄影/代琮
美术/消夏

青春梦祭未殇（二）

文 /代琮

07.

北京家乐福的超市里，不住的嘈杂喧嚣和交谈声，让人们知道了什么才叫做人满为患。

陆敬安和林轩两个人选购了可以维持一个星期的零食和一些生活的必需品之后，推着一购物车的东西正在排队等待付钱。

在这样吵闹的环境里，陆敬安没有听到自己手机的声响，只隐约地感觉到口袋里有一阵短暂的震动。他便下意识地从口袋里掏出了自己的iPhone手机，屏幕被他触摸之后顷刻间亮起，果然有一条未读信息。是周思雨发过来的："你现在有空吗？一块儿吃晚饭吧？"

"有空啊。上哪儿吃去？"陆敬安简单地回复。

"我也不知道去哪儿？还是你定吧。"

"你现在在哪儿呢？"手机一直被陆敬安拿在手里，没有放回口袋。

过了几秒钟后周思雨再次把信息发了过来："我刚下班，就在国贸这儿的地铁站附近呢。"

"嗯，去建国门那儿的马克西姆吧，那儿做的法国菜特地道，味道不错，最主要的是离你那儿也近，坐地铁几站路的事儿，你要乐意的话走着过去都成。呵呵~"

"我知道那地儿，我同事之前跟她男朋友去过，听说那儿的东西贵得要死。咱俩犯不着吧，太浪费了。对了，我想起一地儿，光华路附近有一家东北菜馆，也挺好吃的，我之前跟同事去过，可比马克西姆那儿便宜多了，要不咱俩去那儿吃吧？"这是陆敬安早就料到的回复。

陆敬安一只手在iPhone的触摸屏幕上快速地移动着，"没事儿，其实也不算浪费，毕竟档次和感觉都不一样嘛，好不容易在一块儿吃顿饭，我觉得咱俩还是……"这句话刚编辑到一半的时候，他突然被打断了。又是周思雨发过来的信息："不过你要是不喜欢的话，咱就还是去马克西姆吧，我就是觉得没那个必要啊。"

他想了想，算了，俗话说强扭的瓜不甜。所以触动了几下删除键，把光标退了回去，那些本来写好了的字句一个个瞬间消失掉了。然后又重新在屏幕上写了一行字："那好吧，没事儿，只要你喜欢就成。那你在那等我吧，我一会儿到。"

陆敬安叹息了一口气，脸上流露出很无奈的表情。等待付钱的过程中，他很是沉默，自始至终也没有主动跟身边的林轩说过一句话。陆敬安从小到大都这样，心里哪怕有那么一丁点的喜怒哀乐，也总是会在脸上立刻表现出来。做了这么多年的朋友，林轩当然一眼就能看穿陆敬安为什么会一直闷闷不乐直至心不在焉。当两个人付完款后拎着几袋子东西往超市门外走的时候，林轩还是忍不住询问了起来："咋着了，有事儿啊？"

陆敬安似乎心里还在想着什么，隔了几秒钟，然后又立马仓促地回答："啊……没事儿。"

林轩看看他的反应，带着点疑惑，仿佛没话找话地又补充了一句："你俩意见又不一致了？"

陆敬安本不想解释的，当林轩问起这个的时候，再次刺激到了他的内心感触，所以还是忍不住皱着眉头发起了牢骚："我真服了她了，你说咱又不是缺那几个钱，她干吗弄得跟那什么似的。对，替我省钱，我有时候是挺欣慰。可是，她也忒……算了算了，还是不说了，挺没劲的。"陆敬安摇头道。

"你这人吧，就是存不了事儿，为么么一点儿小事儿，不至于吧。我倒觉得人家思雨其实还挺不错的，真的。不就是吃顿饭吗，干吗那么讲究，该省的就得省。有女朋友陪着一起吃饭本来挺幸福的一事儿，就为吃什么跟那较劲儿这又何必呢，你说是吧？你还是赶紧去吧，要不然一会儿人家该等着急了。"林轩开始了苦口婆心的劝说。

陆敬安出于礼貌说："嗯，你也没吃饭的吧？要不一块儿去吃？"

林轩幽幽地说："这不太合适吧，我就不去了。"

陆敬安说："这有什么不合适的，又没什么外人，没事儿，一块儿去吧？"

林轩调侃着说："这还没事儿呢？没你这样的，你说你俩去约会，我跟着一块儿去瞎掺和什么呀，哪儿跟哪儿啊这都？难不成你就是为了让我去给你俩当一摆设？嘿，要真是这样的话，那哥我今儿还真就愿意这么奋不顾身一回了。"

"贫不贫啊你，不去拉倒，走吧，我先开车送你回学校。"陆敬安似笑非笑地说。

"我你就别管了,我自个儿打车回去就成。你就走你的吧,还有别说哥们儿我没劝你,见了面就别再跟那儿没完没了地计较了,俩人手牵手走到一起都两年多了容易吗。再说,毕竟你俩家庭背景相差也太多,生活上就应该多彼此迁就一下嘛。成,那我走了啊!"林轩提着东西边说边走,去马路对面打车离开。

陆敬安点了点头,对林轩这样的建议表示接受和认同,在看着林轩乘坐出租车离开之后,他转身把刚才在超市里买的几袋子东西都放进了自己汽车的后备箱里。然后开着自己这辆宝马X5,奔着南三环的辅路上驶去。

08.

在这样黄昏的时间段,如果路上遇到堵车那是理所当然的,如果哪一天北京真要是不堵了,那才叫一个奇怪。

此刻,正载着林轩去往中关村一带的北京现代的出租车,除了中途遇到过几个红绿灯偶尔走走停停之外,在西三环的这段路上行驶得还算顺畅。

但是就在上车前和上车后,林轩脸上的表情看起来就判若两人,相比平常在表情、神态和心情上也凝重、沉默和伤感了许多。熟悉他的人一定知道这根本就不是他的一贯风格,甚至前后情绪变化跨度之大,可能让任何人看到后都会莫名惊讶。

整个回学校的路上,他只是在刚上车的时候简单地跟司机说清楚了自己要去的目的地,之后面对出租车司机东扯西扯的玩笑话一直沉默不语(正常的他应该比司机还要扯得离谱),几句话后得不到任何回应的司机从后视镜里偷偷瞄了林轩几眼,见他脸上沉默得甚至没有一丝笑容的回复,自己也就适可而止不再言语。

坐在出租车后排的林轩双手抱紧双腿把身子蜷起,然后把头无力地靠了右侧的车窗边上,透过玻璃,看着渐渐在昏黄的光线下仿佛突然一秒钟就可以暗淡下来的北京。偌大的北京城里的万家灯火即将会在任何你不留意的时刻里,迫不及待、争先恐后地顷刻亮起直到灯火通明。除了美好,所有人也都知道在这流光溢彩的夜北京里,你可以更加鲜明而直接地看清这个城市的纸醉金迷和伪善奢华。

期间,司机打开了出租车上的车载收音机,播的刚好是北京广播电台的一档音乐节目,节目里音乐前奏缓缓响起,主持人给听众们选播了杨坤的一首《我比从前寂寞》:

坐在很熟悉的机场,等待飞向别的地方,又换了床熄了灯光,为何夜里还睡不香。

梦最多的男人最忙，没梦做了又很紧张，得到越多折磨越多，这不是我要的生活。

天没亮我很难过，拿着电话不知给谁拨，得到了所谓的太多，我却比从前越来越寂寞。

杨坤那丝丝沙哑而又伤感的嗓音和忧郁的伴奏声，让林轩沉醉其中却又更加茫然失措、伤痛不已起来，他仿佛感觉到它们一起沉甸甸地浮动在这个车厢四周狭小的空间里，直至最后又慢慢地、一点一点地、轻轻地全部都滋润和渗透进了林轩的心窝里去。

这一刻，林轩把车窗慢慢地按下，扑面而来的是已经没有了任何凉意的柔软的春风。他深吸了一口气，用力地去闻了闻风的味道，新鲜而又清新，他呆滞地望着眼前的这座城市，瞳孔间变得散落而又无神。这一刻，他的内心里一定怀念起了什么，不然悲伤和惆怅怎么会又开始不断地迅速地涌上了心头？

这样迫使他出乎意料地变得伤痛的感觉，其实从很早之前的一天起就已经开始不断困扰他了。林轩自己也很明白往事随风，本来时间已经消磨掉的伤痛，今天却让自己再次如此悲伤和惆怅起来的导火线便是自己这位最要好的朋友陆敬安和他的女朋友周思雨。

然而，这个时候的陆敬安开车从南三环到达这家离国贸不远的餐馆的时候，周思雨已经在那里等待了很长一段时间。

即使她是天生的一张略带忧虑的脸庞，但是此时此刻在她脸上却看不出一丝焦虑的模样。在她看来，陆敬安的所作所为从来都是对的。此刻周思雨的举动只是默默地拿起自己的手机又发了一条信息给陆敬安："到哪儿了？"

陆敬安开车从国贸那边一路找了过来，他过去很少来这样小的饭馆里吃饭，只是近几年来为了迁就周思雨，这样的势头才开始有增无减，所以仔细观察才发现原来几年来这条街上已经开满了不少小规模的餐馆和店面，一到晚上从街头看向街尾，灯火通明，似乎也不压于王府井大街。

车子停下来的时候，看到距离自己不远的前面，有一间看上去如同北京老四合院般构造简陋的砖瓦屋子，门面看起来有过简单的装修，门口长着一棵古老的槐树，枝干参差不齐，这个季节里也没了枝繁叶茂的景象。旁边立着一个一米多高的灯箱，很明显已经被多年来的油烟和灰尘熏得有些破旧。仔细一看，上面模糊地写着"东北菜馆"四个大字。陆敬安从车里向外望去，不时还有三三两两的人出入其中。

　　他确定应该就是这里,然后先找了个僻静点的路边把车停了下来,熄火锁车,推门走了进去。

　　进门后,迎面过来了一个长相朴素的女孩,虽然没有穿什么制服,但是一眼看上去就知道肯定是这间餐馆的服务人员:"来了您,几位啊?"陆敬安还没有来得及回答,就看到周思雨坐在右边的角落里向自己不停地招手。

　　然后陆敬安指着右边若无其事地回答说:"噢,那什么,我找朋友。"服务员点头示意说:"那您里边儿坐吧。"然后微笑着离开了。

　　周思雨远远看着陆敬安走过来的身影,她变得目不转睛。慢慢地,渐渐地,身影聚焦成了清晰的陆敬安站在了自己面前。他穿着黑色的休闲上衣,外面又加了件Dior的纯白色绒毛马甲。下身还有蓝白色Diesel牛仔裤和白色三叶草复古板鞋做陪衬。脸部轮廓也很俊朗,精心打理过的头发,错落有致的刘海耷拉在了额前,陪衬出的是白净而温暖的脸庞。长得让很多女孩儿都羡慕的睫毛下边是明亮的双眼,微微一笑的时候会露出一排整齐洁白而又好看的牙齿。这一切都像是深夜里的月光一样,高贵、干净而又温柔。

　　他那温文尔雅的言谈举止、健康挺拔的身材以及贵气富足的身价背景,周思雨不得不承认,这样一个简单、阳光而又不失精致的、甚至可以媲美某些年轻英俊的男明星又或者时尚杂志里的平面男模的男孩,不得不让包括自己在内的大多数女孩一眼看上去就会怦然心动。

　　两个人面对面地坐了下来,彼此已经有两三天没见面了。

　　接下来的几十秒钟,周思雨在等待着陆敬安,看他会不会主动地来关心和询问一

下自己这几天以来的生活状况或者跟自己分享一下他这几天里的所见所闻也好,虽然这种看似简单实则奢望的事情,在他们在一起的两年多里从来都没有过,但是她还是一直期望这样的意外可以早点出现。

不过在经过了几十秒沉默的等待之后,她很快意识到了自己的祈望再次破灭掉了,而且今天的陆敬安好似比往日更加沉默寡言。所以周思雨只好还是面带笑容地首先询问:"这么长时间才过来,路上一定特堵吧?"

"噢,在华贸附近的大望路路口那儿堵了差不多半小时吧。"陆敬安低着头看着自己修长而又好看的手指,声音听上去有些爱答不理。

"我还以为你到了国贸肯定会给我发短信呢。这儿虽然离国贸不远,但地方小不太好找,还怕你找不到,你怎么就找到这儿了?"周思雨向来都是用这种沉闷的口吻,语无伦次地询问着一些让陆敬安觉得十分沉闷而厌倦的问题。

"噢,有一次送你去上班,为了赶时间抄的近道不就是走的这条路嘛。你一说这地儿我一想,记忆里我好像看到过这家饭馆。然后凭着印象就找到这儿了呗。"可能还是对于刚才去哪里吃饭的问题而生气,陆敬安说话好像还是有些心不在焉。

"噢,挺聪明啊你。"周思雨并没有意识到自己做错了什么,但是陆敬安这样的表情,她只尴尬地苦笑一番无言以对。

09.

其实从坐下来到现在,陆敬安都还没有来得及仔细地把这里的环境打量一番。

在他看来,在这个时间段,在北京就连这样的小餐馆都可以不可思议地爆满或者翻台。而且人群时常进进出出，很是络绎不绝的样子。他也总结出了一点，事实说明在越来越多样化的社会现实中，人们果然也变得越来越萝卜青菜各有所爱了。

再把目光移到自己面前，是周思雨早就点好的一桌饭菜，看样子是已经点了很长时间，虽然有点凉了，但也无法掩盖这桌饭菜的丰盛。

陆敬安问："饿坏了吧？"

周思雨笑了笑说："嗯，有点儿。"

陆敬安说："那为什么不自个儿先吃呢？"

周思雨好似一脸的委屈："打算等你来了一块儿吃。"

陆敬安又问："干吗点这么多？咱俩吃得了吗？"

周思雨回答："我看菜单上有好几样都不错，又不知道你今儿想吃什么，所以一咬牙破费点儿得了，就都点了呗。"

陆敬安的脸上看上去有了笑容："成，那赶紧吃吧。再不吃菜都凉了。"

"嗯。"可能在商场站了一天有点累了，再加上又等了陆敬安这么长时间也饿了。周思雨看起来吃得有点迫不及待。但是一边往自己碗里夹菜的同时，却也没忘了把好吃的也夹到陆敬安碗里。

陆敬安抬起手腕看了看时间，看着疲劳的她为了等自己饥饿的样子，突然觉得嗓子眼里有了一点哽咽的感觉："以后饿了就自个儿先吃，甭等我。知道吗？"

周思雨笑着说："你也还没吃呢，我怎么能吃独食。"

"你怎么就知道我没吃呢？"

"我就知道，因为你从来都不会背着我干什么事儿的，是吧？"周思雨笑得单纯而又可爱。

"吃这个。"陆敬安意味深长地笑了笑，然后把一块木樨肉片给周思雨夹到了碗里。

"嗯，你也吃啊。"周思雨也给陆敬安夹一块红烧肉放到了碗里，突然开心地说："敬安，你知道吗？他们都说，我就是有吃的本钱，因为我好像怎么吃都不会胖似的。"

"说得真对。有的女孩就没这种本钱，还没怎么着呢就胖了。那你多吃点儿。"陆敬安的脸上流露出一种怜悯又心疼的表情和目光。

在这之前，陆敬安本来还很计较的心已经慢慢软了下来，他总是经不住身边的任何人对自己的一点点善待和感动。此时此刻，他发现自己刚刚的气愤早已消散。随之而来的是诸多的感动涌上心头，内心里就如同破了壳倒在碗里的生鸡蛋，像是有人用筷子在不断地把蛋清和蛋黄用力搅拌均匀在一起。又像是当某些神经末梢的触动通过神经纤维慢慢地集合传输到大脑皮层的时候，他很确定这就是那种心头上微微刺痛的感觉。

陆敬安认为其实周思雨就是这样的一个女孩，每一次见到安静的她的一举一动，总没了理由更不忍心再去为了那么一点小事而气急败坏。

就在这昏黄的灯光下，她身上透着的那份忧郁、深邃让人觉得她的内心一定包含着没完没了的忧伤，她那柔弱的声音，不时地回荡在你的耳边。几乎谁也不会拒绝给予她一份怜悯和疼爱。陆敬安就是这样。就算对于她有千般万般的怨气，一时间也都会很快地不翼而飞或者烟消云散。甚至突然那么愿意一切都迁就她。

但是这样的感觉对于陆敬安来说也是一种偶然，其实也并非像很多人认为的那样，不是只要双方能够乐观地对待彼此然后幸福就会无限存在。生活也不全是爱情铸就，因为爱情也需要经得起日复一日的生活的验证。甚至简单到到底爱还是不爱的这个问题，也许只有在陆敬安的内心深处才会找到答案，而他也从来没有说出口过。

两个人也都吃得差不多了，陆敬安拿了一根吸管喝了一口服务员刚刚送过来的瓶装的可乐：

"今儿怎么下班这么早啊？过去不都得九点多才下班的吗？"陆敬安问。

周思雨低头喝了几口可乐说："嗯，现在改了，这礼拜开始我换成早班了，下午五点多就可以下班了。"

"噢。"其实陆敬安也就是突然想起来随便问问，并没有太多的在意和关心。但是周思雨却还是自作多情地补充说："这样挺好的，晚上可以有时间再去做一份儿兼职。还能再多挣一份儿工资呢。"

"噢。"陆敬安还是这样简短地回答。然后又问："我记得前几天你不是发短信说你妈最近身体不太好吗？你妈现在怎么样了？好点儿了吗？"

周思雨说："前天陪我妈去医院做了个全面的检查，医生说也没什么大毛病，就是上了年纪了，得注意多休息了，不能再像年轻那会儿那么风里来雨里去的了。然后还给开了些药，说是得用药物慢慢调理上一段时间。"

陆敬安点了点头，有点客气地说："要不，周末你带我去你家，我去看看阿姨吧？"

周思雨说："咳，不用。我妈没事儿的。"

"不太好吧？我都知道了，再装作不知道的这样多没礼貌啊。"

"没什么不好的。真的，没事儿。呵呵~"

"噢，那成。"看到周思雨如此真诚地推脱，陆敬安也没有再强求。

10.

包括人类在内的任何生物，长期处于一种恶劣的情绪和环境的压迫下，都会被迫拥有许多抵抗外力和自我保护的能力。有的时候决心来得如同飞蛾扑火一样执意。其实这也是人类的一种本能。

周思雨表面看上去就是一个柔弱而需要保护的女人。但是又有多少人知道她的内心一直在承受着一份超出常人或者说是超出女人的那份坚强。假如人生有很多种，她应该就是很不平凡的一种。

周思雨是在一个普通的工人家庭里长大。这样的家庭注定她从小到大都要为生活和生存而惆怅、奔波。

上世纪70年代北京及全国各地的知识青年上山下乡，差不多都是在1979年左右随着大批知青返城而告终的。而周思雨的父母是在1977年去的陕北农村，也算是赶上了这次运动的末班车。他们也差不多是上山下乡的最后一拨，也是在陕北农村的两年生活成全了他们。但是1980年随着最后一批知青的各自返城，她的父亲与她的母亲又不得不就此依依惜别，从此天各一方。之后的日子里，也仅仅是通过书信和电话联系。

就在三年后的一个秋天，周思雨的母亲李月梅，突然带着三个月的身孕来到了北京，一个月后她的母亲就这样莫名其妙地嫁到了北京，嫁进了周家。很显然周思雨所熟知的父亲周国栋并不是她的亲生父亲。然而，直到现在，亲生父亲姓谁名谁，周思雨还是一无所知，在自己母亲那里打探不出任何口风的情况下，周思雨为了这事一直不能释然甚至耿耿于怀。

又是一年春天到来的时候。周思雨顺利降生在了北京。这不知是福是祸。在她长到四岁半的时候，父母之间先是开始了长达几个礼拜的沉默冷战，之后又隔三差五地为了一点鸡毛蒜皮的小事在房间里无休止地争吵打骂。那个时候的她一到晚上就特别害怕，有的时候只能一个人悄悄地躲在被子里没完没了地哭泣，一直哭到自己没有气力之后才昏昏睡去。第二天醒来的结果不是母亲不在就是父亲失踪。

那段时间，家里的碗筷被摔的只剩下三套而没有多余。值钱的摆设也差不多被砸了个精光。父亲整天在外酗酒彻夜不归，母亲为了发泄苦闷就开始整夜地打牌输钱，

在周思雨的记忆里,这个家好像再也没有了一家人在一起的相亲相爱,无论父亲还是母亲,谁也没有了想要再去维护这个家的任何概念。直到现在周思雨所能理解的也只有这些,至于更早之前的好多事情以及当时那种状况的前因后果,自己更一无所知。反正,自打有了记忆的那一刻开始,母亲对自己的态度似乎就没有好过。她看自己的眼神也似乎永远带着厌恶与仇恨。似乎从自己降生的那一刻起就已经被认定了是个孽种。

那个时候周思雨年纪还小,好多事情都理解不了也看不明白,只觉得肯定是她自己不够听话,或者考试成绩不够优异,所以母亲才生她气的。所以就在学习上非常努力,每一次考试结束后,都会拿着全班第一的成绩单去讨母亲的欢心。可所得到的都是母亲若无其事地把成绩单丢到一边,狠狠地从牙缝里挤出了"一边儿去"的四个字之后迅速地起身走开。

亲生母亲对自己是如此厌恶和仇恨,而父亲对自己的态度却是截然相反。父亲下班之后偶尔没有喝酒清醒着回到家里的时候,常常会从外面给自己带回来很多好吃的东西、心爱的玩具和漂亮的衣服,还总是抱着周思雨嘘寒问暖,百依百顺,疼爱有加。在那些从古到今的故事里,常常被很多作者讲述的凶恶的继父形象,在这个父亲身上真的一点都没有体现出来。

但是,这些都不是周思雨那个时候最想要的。她最想要其实只是最基本的安全感以及一家人在一起的相亲相爱。

就在周思雨六岁那年,父母又为她添了一个同母异父的妹妹,取名周思雪。

意外向来都来得十分突然。一直持续了两年之久的打骂与争吵的生活,就在这一天突然戏剧性地戛然而止了,一切都变得安静起来。整个生活忽然又回到了正当的轨迹之上。

一家人在一起开始变得和睦而又温馨。母亲开始待在家里专心看孩子,料理家务。父亲放弃酗酒开始在外奔波忙碌养家糊口。这一切都让周思雨觉得始料未及。

至于母亲对周思雨的态度,也在父亲的劝说下有所缓和。不过在生活和学习上,母亲对待妹妹是无微不至,而对她冷言与训斥还是家常便饭。尽管自己各方面都要比妹妹优秀,而且省心许多。

那个时候周思雨也并不知道自己究竟做错了什么,让母亲那么不喜欢自己。从那个时候她变得不再只是一味地责怪自己,而是开始责怪母亲,明明这么不喜欢自己为什么还要把自己给生下来呢?然而也只是仅此而已的一点点抱怨,这么多年过去了,渐渐地也就习惯了母亲对自己的这种态度了。

不过好日子并没有长久。"祸不单行"这句话的应验再次打击了这个本就疲惫不堪家庭。

周思雨长到十六岁，那是中秋佳节，阖家团圆的一天。虽然那个年月中秋节还没有成为法定假日，但是很多工厂和学校都会提前下班或者提前放学，那天李月梅也早早地回到家里，将近黄昏的时候，做好了一顿特别丰盛的晚餐。昏暗的灯光下，母女三人围坐在餐桌前，高兴却又忐忑地等待着家里的最后一位成员——作为丈夫及父亲的周国栋尽早回家。

早上父亲离开家里的时候对全家人说过今天厂里要给发工资，所以很可能会晚点回来。可是六点、七点、八点、九点，家里墙壁上的钟表滴滴答答地响个不停，几个钟头过去，父亲的身影迟迟没有出现。

真的如同小说或者影视剧里描述的那样，母女三人在漫长而焦急的等待里，每个人都开始心情忐忑甚至有了或多或少不祥的预感，他们开始担心丈夫或者是父亲的安危，每个人都在祈祷丈夫或者父亲平平安安，至少不要这样一去就没了音信。

直到接近十点钟的时候，房间里电话铃声急促响起，李月梅迅速地起身，第一时间接起了这个足以打破整个房间宁静的电话，半分钟后她的眼泪夺眶而出，脸庞突然间失去了血色，紧接着表情变得凝重起来。

俗话说，是福不是祸，是祸躲不过。电话的那头是来自市医院一位外科大夫的声音。他向母亲李月梅郑重宣告了这个让人悲痛欲绝的消息：下班之后父亲在骑车赶回家的路上，就在离家不远的一个十字路口处，不幸被一辆迎面而来的轿车撞出五米之外，身体多处骨折，胸腔内大出血，情况相当严重。现已被肇事司机送往市医院进行紧急抢救。

11.

半个小时后，姐妹俩跟随着已经哭得仓皇失措的母亲赶到市医院的时候，医院的医生、护士、警察还有周思雨父亲厂里的领导同事早就站在了抢救室的门口等待着她们母女三人的到来。母女三人面带伤痛、腿脚瘫软地走过人群，看到了周国栋已经面无血色，闭着眼睛安静而冰冷地躺在抢救室的病床上，在场的主刀医生向母女三人宣布抢救无效，警务人员也把在事故现场周国栋衣服口袋里发现的剩余的工资，以及去百货大楼给李月梅买的一双皮鞋，还有给两个女儿买的一塑料袋好吃的月饼和糖果等遗物，统统交到了李月梅的手里。周思雨父亲生前的单位领导及同事也在一旁劝慰李

月梅不要过分悲痛，人死不能复生，同时要多注意自己的身体，身边两个未成年的女儿还要靠她来抚养长大。

听着大家的劝慰，看着丈夫周国栋最后留下来的这些饱含情意的遗物，想着这样的天灾人祸，本来想在旁人和女儿面前故作坚强的李月梅，实在是无法抑制自己的伤痛，眼泪顺着脸颊流个不停，最终还是当着众人的面止不住地失声痛哭起来，周思雨和年幼的周思雪也在一旁跟着号啕大哭。这样的场面让在场的每个人都看得撕心裂肺。

李月梅无论如何也难以接受这个既定的事实，当场昏厥了过去。

母亲李月梅也被送进了医院抢救室，对于姐妹二人来说更是雪上加霜。那一刻周思雨茫然地站在原地，她瞬间开始头疼欲裂，大脑更是一片空白。耳朵里突然响起一阵阵巨大而持久的蜂鸣声，单薄而孤弱的她泪流满面地把妹妹默默地揽在了自己怀中。耳朵里听到的是年幼的妹妹害怕而又着急的哭泣声："爸爸妈妈怎么了？爸爸妈妈是不是不要我们了？爸爸是不是走了？爸爸去哪儿了？我不调皮了，我不吃糖葫芦了还不行吗？姐姐你让爸爸快点儿回来吧。好不好？"

就在母亲精神崩溃倒下和妹妹无助地哭泣的那一刻，周思雨突然觉得未来整个家庭的重担都压在了自己身上，此刻周思雨为了自己、为了妹妹、为了母亲，更为了死去的父亲也应该变得坚强起来，那一刻她狠了狠心决定化悲痛为力量。擦去了挂在自己眼角的泪水，甚至发誓这是自己最后一次流眼泪了，然后又帮妹妹也擦去挂在眼角的泪水。 未完待续

被风吹散的时光（二）
文　/汀草
摄影/陈晓凡

被风吹散的时光（二）

文 / 汀草

缘起

1990年冬天，北方的海滨小城。

"举起手来，我是警察！"一杆通体黝黑的冲锋枪指着罪犯的后脑勺，帅气的枪身散发着一股神秘、阴暗的气息。罪犯双手哆哆嗦嗦地举起，警察的食指缓缓地放在了扳机上……

"文嘉，你可别开枪！你的枪打人太疼了！"

身后的警察大笑着收回了枪，冻得通红的小脸上满是骄傲。他模仿着电影里的英雄，举起枪朝天怒射。可惜从他这把帅气十足、可以以假乱真的冲锋枪里喷射出的不是一串串愤怒的火舌，而是红色的塑料子弹，刹那英勇的形象大打折扣。

"刚子，《黑猫警长》开始了，还在外面疯，你不看了？"刚子妈从窗子里探出头来喊了一声，这群孩子顿时像是受了惊的鸟儿，一下子四散而去。文嘉也以最快的速度蹿回家里，在自家小院门口把手里的枪随手一扔，就冲进屋里坐到电视机前了。

大院又恢复了安静。

这个大院位于这座城市的海边，原来是个小型的军事驻地，后来军队迁走后改造成了现在的政府大院。在90年代初，这个刚刚开始发展的海滨小城，它的政府机构并不繁杂，只有几个必要部门、几十个人员组成。这几十个人以及他们的家属是最先一批入住大院的人。

文家就是这其中的一员。

文修成，文家的男主人，烈士之后，父亲牺牲在朝鲜战场上。他本人是名牌大学的高才生，现在是本市重要部门的科级干部，对于三十刚出头的他来说自是前途无量。妻子王笑音是一名小学教师，美丽善良。她热爱自己的职业，但也像每个为人妻母的女人那样,深深地爱着自己的丈夫、儿女。儿子文嘉是个出了名的调皮鬼,在大院里天天带着一群孩子上树爬墙、掏鸟窝、堵烟囱,无所不干,是个唯恐天下不乱的主,弄得文氏夫妇头疼不已。幸好五岁的女儿文小溪乖巧懂事,又长得像洋娃娃一样讨人喜欢,夫妻俩宽慰了很多。

"文嘉,你的东西又乱扔。妈妈跟你说过多少次了,就是不听。那是你舅舅托人从广州带来的,一点都不知道珍惜,快去拿进来收好。"

文嘉正坐在电视机前的小凳子上看动画片看得入迷,一股恨不得要钻进电视里的样子,压根没听见妈妈说了什么。

那个年代,动画片相对比较匮乏。孩子们爱看的《变形金刚》、《七龙珠》、《机器猫》、《灌篮高手》等动画片还没有引进中国。这个时候最受欢迎的是《黑猫警长》、《葫芦娃》等国产动画片,孩子们几乎每集必看。尤其是《黑猫警长》,机智勇敢的黑猫警长侦破了一个又一个案件,保卫了森林的安全。黑猫警长帅气、正义的形象吸引了那一代几乎所有孩子的目光。

"妈妈,我去帮哥哥拿。"一个细细软软的声音传进王笑音的耳朵。

一直跪在凳子上、托着腮望着外面发呆的女儿转过头来,一双大眼睛正忽闪忽闪地看着她。王笑音过去怜爱地摸了摸女儿的头发,"小溪真乖,哥哥把玩具丢在门口花池旁了,帮他拿回来吧。"接着又转身用手指戳着儿子的头,恨恨地说:"做哥哥的每次都让妹妹给你收拾……"

文小溪没有听妈妈的念叨,这一年来妈妈这套对哥哥的说辞她都已经烂熟于心了。是的,她跟爸爸、妈妈、哥哥已经在一起生活了一年。在她之前的生命里,这些人跟陌生人没什么两样。她从小跟着奶奶长大,她喜欢跟奶奶在一起。奶奶每天都陪着她,给她讲好听的故事、买好吃的糖葫芦,还教她写毛笔字儿,带她去河里抓小鱼、去山上捉蝴蝶。可是有一天,奶奶躺在床上再也不肯起来。然后一对叫爸爸、妈妈的陌生人要来把她接走。她宁死不从,哭得死去活来,说什么也不愿意离开奶奶。那个叫妈妈的人告诉她,奶奶出远门了,等她回来就去妈妈家里接她,她如果不跟妈妈回去,奶奶会找不到她。文小溪这才不哭了。这一年来,她习惯每天望着窗外,希望奶奶早点儿来接她。她不喜欢跟爸爸、妈妈、哥哥住在一起。爸爸、妈妈每天只忙着上班,哥哥更是嫌她像个拖油瓶,不愿意带她去玩。家人的忽视和对陌生环境的不适应，使本来性格还算开朗的文小溪变得沉默寡言。以前总是在奶奶面前叽叽喳喳说个不停的她，现在一天也不说一句话。有时妈妈问她话，她也只是简短地、声音小小地回答几句。

　　文小溪来到自家小院门口，拿起哥哥随手乱丢的枪，正要转身回去，这时眼前烟雾氤氲。她好奇地透过这股烟雾看到一张同样稚嫩的脸正挂着一脸坏笑。

　　一个小男孩，正提着一壶开水……浇花。

　　文小溪歪着脑袋一脸的不解。她年龄虽小，也知道花是不能用开水浇的。

　　"你怎么用开水浇花？"文小溪动了动嘴，还是把疑问说了出来。

　　"你冬天喝凉水？"

　　文小溪摇了摇头。

　　"那凭什么你喝热水，让花喝凉水啊！"小男孩懒洋洋地抬起头，一脸欠扁的表情。

　　这时文小溪看到，这是一个与她年纪相仿的小屁孩儿。干净的脸上嵌着一双乌黑的眼睛，黑眼珠滴溜溜地转，一脸的狡黠与调皮。但这双熠熠生辉的眼睛，更加衬托出他苍白的笑脸和毫无血色的嘴唇……

　　小男孩突然眼睛一亮，文小溪手中帅气的冲锋枪引起了他的注意，眼睛直直地盯着枪看，手也不由自主地伸了出来。

　　文小溪看到他大灰狼见到小红帽一样的眼神，不由自主地抱紧枪往后退了一步。

　　小男孩似乎感受到了文小溪的防备，试着采用迂回战术。

　　"你叫什么名字啊？"

　　"小溪。"

　　"小溪？还小河呢，哈哈，以后就叫你小河吧。"

　　"我不叫小河，就叫小溪！"文小溪坚决地给予否定，这是奶奶给她起的名字，怎么能让这个小屁孩说改就改呢。

　　"好吧，好吧，就叫小溪。我叫夏雨泽，你把枪给我玩一下吧。"夏雨泽小朋友打算做暂时的妥协，以后叫小溪还是小河还不是随他喜欢。

　　可是……文小溪抱着枪又往后退了一步。

　　叫夏雨泽的小男孩终于没了耐心，上前一步就要把枪抢过来。文小溪死死拽住不肯撒手，夏雨泽用力一甩，男孩的力气终归比女孩大些，他成功地把玩具枪抢了过来，同时也把文小溪推倒在地。

"哇!"文小溪几乎在屁股着地的同时,爆发出了一声惊天动地的哭声。

这时夏雨泽慌了神,在他六岁的生涯中还没碰到过这种事,从小到大几乎与世隔绝的生活使他没有一丁点应付眼泪的经验。他赶紧扔掉手中的玩具,跑过去把文小溪连拉带拽地扶起来。手忙脚乱地帮她拍身上的土,又用拍完土的手笨拙地给文小溪擦汹涌而出的眼泪。

"别哭了,求求你别哭了。我妈听见我就惨了。我给你糖吃,我家里还有好多好多玩具,都给你玩。"

夏雨泽赶紧掏出口袋里珍藏的大白兔奶糖,顾不上剥掉糖纸就往文小溪嘴里塞。文小溪继续张着嘴哭,那颗还带着糖纸的糖一半在她嘴里,一半没塞进去还在外面,又混合了流下来的眼泪和鼻涕……现场一片混乱,夏雨泽小朋友也急得满头大汗。

而文小溪这边则很不合时宜地想起了奶奶。以前她跌倒了,奶奶总是温柔地扶她起来,帮她拍掉身上的土,再剥块糖给她,柔声哄她吃。虽然和蔼的奶奶和眼前这个冒失鬼完全不同,但是太思念奶奶的她还是把他们联系到了一块。又想起奶奶走了那么久还不回来接她，于是哭得更厉害了。

夏雨泽完全慌了神，不明白为什么眼前的小姑娘又爆发出了新一轮更猛烈的哭声。

文小溪惊天地泣鬼神的哭声最终还是惊动了两家家长。夏雨泽被妈妈揪着耳朵提回了家。文小溪被妈妈低声哄着抱回了家。夏雨泽捂着被妈妈揪红的耳朵，望见被夕阳染红的天空有一群飞鸟掠过，翅膀沾染了夕阳的光辉，飞向未知的远方。文小溪紧紧搂住妈妈的脖子，在泪眼蒙眬中看到夕阳的余晖穿过头顶的树梢，将静谧的光辉倾泻，恍惚的、若隐若现的温暖侵蚀了她内心的寒潮。

就这样，文小溪和夏雨泽完成了人生的第一次相见，也拉起了这群孩子青春故事的序幕。他们的初见，以文小溪的眼泪和夏雨泽的被骂结束。事情通常就是这样，看似不经意的开始，往往冥冥之中早就注定了他们的结局。

那年文小溪五岁，夏雨泽六岁。

呆子

人生若只如初见。

若干年后，他们悠闲地在海边沙滩上，聊起"初见"这个话题，大家叽叽喳喳、七嘴八舌抢着说自己记忆中跟对方初见的场景。在文小溪和夏雨泽的相遇故事中，文小溪记住了眼泪、甜甜的大白兔奶糖和温暖的夕阳。而夏雨泽记住的则是帅气的冲锋枪、被妈妈揪红的耳朵，以及……温暖的夕阳。

不过在众多的初见故事中，呆子的震撼登场毫无意外成为最受追捧的。呆子，就像现实版的豆子先生，生活中不断上演着逗人开心的喜剧。

文小溪记得，那是个百无聊赖的下午。她和夏雨泽坐在一棵茂盛的大树下面各自捧着自己喜欢的小人书，手里拿着"奶油"冰棍（后来的老冰棍）一边吃一边看书。中午强烈的阳光照不透头顶茂密的树叶，只能对着远处毫无遮挡的空地发威。文小溪望着阳光肆虐的地方，想象着水滴上去就瞬间蒸发的场景，忍不住缩了缩肩膀。知了在不厌其烦地叫着，夏雨泽昨天找了一根长杆，杆子一头粘了一块自制的面筋，顶着烈日粘了一天知了。结果除了给自家餐桌上加了道美味以外，并没有阻止知了恼人的叫声。中午两三点的时候，大人们都上班了，老人孩子大都在家里午睡，很少有人在大院里活动。北方夏天温度虽高，但躲在阴凉的地方，并不会太闷热难熬，如果再有一丝微风，那就可以称之为惬意了。文小溪倒是不讨厌这没完没了的知了声。炎热的夏天、凉爽的树荫、知了的叫声，当置身于这其中的时候，文小溪总有一种时间静止的错觉。周围的一切都变得不真实，好像都属于另外一个世界，自己只是这个世界外的看客。

"呼哧，呼哧……"一串沉重的呼吸声打断了文小溪的遐想。

她抬眼望去，迎面而来的是一只威风凛凛的金毛巡回猎犬。它不紧不慢地小跑着，不过相对于它高大的体型，那更像是在散步。它神色平静，神情像是战场上运筹帷幄的大将军。文小溪伸长了脖子往后探了探，找到了呼吸声的来源。一个跟自己差不多大的男孩正张牙舞爪地奋力往前跑，倒是他像狗一样把舌头伸在外面喘着粗气。他光着上身，只穿了一条黑色短裤，身上已经出了一层细汗。

是了，没有穿上衣。文小溪又看了一眼在前边溜达的金毛犬，扑哧一声笑了出来。一件黑色的上衣正被金毛叨在嘴里，文小溪在它眼里似乎还能看到一丝恶作剧的得意。夏雨泽听到笑声也抬起头来，看到眼前的场景，有点鄙夷地歪了歪嘴，又低下头去继续看自己的小人书。没错，夏雨泽在小时候就是一个自大的、目中无人的、寂寞的小屁孩。

当粗重的喘气声再次传来的时候，文小溪简直要把眼珠子瞪出来了。金毛依旧风采不减地在前面溜达，但后面追着的男孩仿佛刚从水里捞出来，浑身都是汗。他还是张牙舞爪地奋力往前追，但他的小短腿导致他跟前面金毛的距离越拉越远，他还时不时停下来用手扶着膝盖弯下腰大口地喘着气。文小溪看到这场景咯咯笑了起来。

夏雨泽一脸无奈地站起来，懒洋洋地上前几步拦住了金毛。而金毛居然很听话地停了下来，夏雨泽伸手去拿它嘴里叼着的衣服，它也乖巧地松了口。夏雨泽给金毛挠了挠痒，又拍了拍它的头。帅气的金毛摇了摇尾巴，就这样乖巧地趴在了夏雨泽脚边。文小溪目瞪口呆地看着这人与狗跨越物种界限的无声交流。心想，这家伙还真有动物缘。

后面的男孩终于追了上来，他用了很久才平复呼吸。接过夏雨泽递过来的衣服，他憨笑着连声说谢谢。而夏雨泽嘀咕了声"呆子"，面无表情地来到树下拿起自己的小人书头也不回地回家了。文小溪望着他瘦小的背影，心里一阵阵难过，他讨厌所有能跑能跳的孩子，他的身体……

"小王八蛋,叫你偷我衣服!叫你不听话!"身边男孩的呵斥声拉回了文小溪的视线,被夏雨泽称为"呆子"的男孩正一脸愤怒地指着金毛训斥。他倒是没有在乎夏雨泽的无礼。而金毛则一脸轻松地望着远处,根本没把主人放在眼里。

"它叫小王八蛋?"文小溪忍住笑指着金毛问。

"是啊,它就是个小王八蛋!"抬头看见文小溪努力憋笑的脸,想起刚才自己的糗事,男孩摸着后脑勺嘿嘿笑了起来。

呆子前无古人后无来者的震撼出场方式日后很凄惨地被大家奔走相告、广为传颂。呆子这个会跟随他一生的"昵称"也在这一天诞生,也许在百年之后还会被当成墓志铭刻进他的墓碑。

1992年夏天,文小溪和夏雨泽邂逅了呆子,也结识了陪伴他们走过小学、初中、高中的老朋友"小王八蛋"。

那年，文小溪七岁、夏雨泽八岁、呆子七岁。

开学

度过炎热的8月，学生们迎来了9月1日开学的日子。通常这几天是几家欢喜几家愁，当然，发愁的人数要远远多于欢喜的。对于高年级的，尤其是不爱学习的学生们来说，这一天简直就是世界末日。整本《暑假生活》可能只做了一半，更有嚣张的也许还是新书一本。班主任比较严厉的班级的学生，开学前几天几乎看不到他们的身影，闭门熬夜抄作业成为他们这几天的主旋律。为了避免开学被老师收拾，他们这几天往往抄作业抄得面如土色。即使作业都顺利写完了的，想到要告别无拘无束的假期生活，一个漫长难熬的学期又要来临，也总是心有戚戚。

不过众多学生中也有一小部分翘首期盼开学这天的来临。这里面有屈指可数的打心眼里热爱学习的好学生，他们求知若渴，几乎从放假的那天起就开始盼着开学这天的到来，但是这类学生少得可怜。如果讨厌上学的学生是满天繁星，那些热爱学习的就是那孤独的月亮，不仅数量稀少，还要受阴晴圆缺的限制。另一类渴望开学的学生，是有男女朋友或者暗恋对象的，也就是被老师定义为"早恋"的。他们对开学的期盼要比好学生强烈得多。这一代孩子，初恋大都在初中、高中，而且恋得十分含蓄。尤其在初中，牵个手就能紧张好多天，接吻那更是天大的事。在这样的大环境下，暗恋的要占很大一部分比例。放假了大家各回各家，往往一个假期都见不了一面，腼腆的他们没有几个人有勇气把对方约出来一起玩，于是爱情的力量总是能帮助他们战胜对上学的恐惧。还有一类不惧怕开学的就是新生。他们或者刚踏入小学，或者小学升初中，或者初中升高中，对新环境的好奇使他们对于新学期跃跃欲试。不过这种热情往往持续不了太长时间，对新环境适应以后，厌学的情绪也随之而来。

1992年9月1日，对于文小溪和夏雨泽来说是值得纪念的一天。这天他俩手拉手踏进小学的校门，正式成为了一名小学生。

文小溪和夏雨泽读的是王笑音就职的小学。这所小学离他们大院不远，步行只要十分钟左右。为了彼此有些照应，王笑音特地托分班的老师把文小溪和夏雨泽分在了一个班。

初升的太阳照耀着大地。王笑音拉着女儿的小手，女儿牵着夏雨泽的手，一行三人赶去学校报到。文小溪对于开学这一天期盼已久，她一路上蹦蹦跳跳地哼着儿歌，

夏雨泽则努力装出一副无所谓的表情。

　　文小溪和夏雨泽被分到了一年级三班，王笑音把他们送到班级门口交给负责的老师，寒暄了几句就回到自己办公室开始备课。她教的是五年级，暂时还没有机会给女儿的班级上课。新的班级，老师首先要给学生们按高矮个排座位，文小溪和夏雨泽的身高差不了多少，文小溪被分到了第三排，夏雨泽被分到了第四排，就坐在她的后面。

　　坐定之后，文小溪开始细细地打量他们的班主任，一个四五十岁的看上去一点也不和蔼的中年女人正在呵斥那些不听话的男孩。文小溪失望极了，她想象中的班主任应该是一个漂亮的、温柔的像大姐姐一样的人，不然也要是个满头白发像奶奶一样和蔼的人。

　　"现在开始点名，叫到名字的要喊'到'。"

　　"王刚。"

　　"到！"

　　"刘亦强。"

　　"到！"

　　"司徒墨。"

　　"哇！"同学们中间爆发出一阵压抑的惊叹声。

　　"到！"

　　复姓在现实生活中并不常见，大家都伸长了脖子去看这个叫司徒墨的人。

　　文小溪和夏雨泽也忍不住望过去，他俩同时睁大了眼睛，一脸的不可置信，像是活见鬼了一般。

　　司徒墨，怎么会是他？　**未完待续**

在水晶球里留下你的笑脸,告诉我你要的咖啡,咖啡机转出你的故事,只需要一杯咖啡的时间。
——L

Hakuna Matata (二)

文　/化石里的吻
摄影/Seven

Hakuna Matata（二）

文　/化石里的吻

花镜，冷暖自知（四）

1.

花镜。

雕花般的奶油微荡在咖啡化不掉的醇里，薄薄的冰在浓郁的香的蛊惑下，一点点卸下防御，溃不成军，只剩下透心的凉四处弥漫。透明色的果冻浮在最上层，在透明的最深处，隐约映出饮者的影子，随着外界的律动微微颤动。

这是Hakuna Matata咖啡屋里最受欢迎的创意咖啡，也是L最得意的作品。
L把它叫做"花镜"。

2.

再次见到R的时候，她已经晋升为一个小生命的母亲。年轻，优雅，神采奕奕。
我跟小苏常开玩笑说，每次看到R就会觉得她的头顶闪着一个巨大的光圈，那就是母性的光辉。

R很幸福，一直。
从小家里有钱，不是一般的有钱，是那种吃顿早饭父母就要塞个一百块然后还要问够不够的那种有钱。
从小家庭幸福，不是一般的幸福，是那种逢结婚纪念日就要重拍婚纱照逢生日就要摆上几桌逢节假日就要合家旅游的幸福。
从小事事顺利，不是一般的顺利，是那种大考小考一向拔尖钢琴提琴随便过级只要是坎绝对轻松潇洒度过的顺利。
R结婚很早，属于那种大学一毕业就把自己嫁出去的那种。

一开始我们很不明白如此自信骄傲的她为什么会选择在最好的时光嫁做人妇，可后来当我们看到她那位真命天子的时候，一切怀疑都结束了。

年轻有为，玉树临风，硬朗不失儒雅，强势不失温柔。换了谁，也不好拒绝这样的人单膝跪地送的钻戒。完美。

然而，那天晚上，R倾倒了整个太平洋的泪水，彻底摧毁了这个完美的童话。

R家里是很有钱，有钱到她的父亲在外面可以随意包女人，她的母亲可以成天混迹于舞厅，有钱到他们给R的只有钱。

R家庭并不幸福，所谓的重拍婚纱照只是为了父母都是高官要做给别人看，生日宴是对R疏忽的唯一补偿而他们却经常不到场，合家旅游只不过是个幌子，大多数时候是父母各有各的娱乐而把R扔给保姆。

R确实事事顺利，只是事事顺利的背后是钱的力量，每一次考试的题目，甚至高考大学的去向，都有孔方兄在后支撑。

R说，其实她很想自己靠自己一次，只是，太多的天才头衔加身之后，她开始怀疑自己的能力，开始恐慌失去后嘲笑的眼神，于是，她选择放弃，一次又一次。

R说，她选择结婚，是因为她想摆脱曾经的阴影，做一次属于自己的选择，嫁爱她的人，过简单而稳定的日子，一直到老。

R说，也许是因为太久没自己做过选择，所以，还是选错了。

那个追了她四年的男子在婚后四个月后开始外遇，在孩子出生四个月后提出离婚。一场冗长的财产拉锯战后，那个男子带着情人离开，R和孩子住在那所精致的别墅里，带着可以确保他们衣食无忧的协议条款，带着曾经灿烂的回忆和如今苍白的现实。

R依然优雅，依然年轻，依然神采奕奕，除了那个酒后的晚上之外。

在所有人看来，她依然是那样不可一世的幸福。

3.

收到C深夜发来的照片，不禁感叹那个常年四处颠簸的男子，竟然还能有这样白皙的皮肤。

C的经历一如他的皮肤，四个字，不可思议。

金融专业的高才生，留学一年，外企一年半干到管理层，年薪我们已经不敢猜是几位数。而他却在职业生涯的第六个年头选择了辞职，考研，专业——考古。

后来的C渐渐淡出了那些充斥着羡慕的话题，取而代之的，是他后悔的可能。

有人说，C很惨，一年赚不到以前一个月的钱。

有人说，C早后悔了，只是之前的单位不要他了，业内的名声坏了，回不去了。

有人说，C已经退出考古圈了，现在正准备考博士重操旧业。

其实，C过得很好。

C一直钟情考古，在学校的时候，他的课余时间基本上都献给了考古。

C的留学，学的不是金融，而是爱丁堡大学的考古专业。

C一直是业余考古队的倡导者和支柱，参与过不少小型的考古行动。

C的辞职，从来就不是一时冲动，他一直都在准备，他只是在前六年，赚够让自己从事自己爱好的事情的钱。

C从未后悔过，因为对于坚持，他从未动摇过。

C说他很幸福，因为终于可以做自己喜欢做的事情。

C渐渐淡出人们羡慕的话题，依然有关于他后悔的消息传出，尽管在他发给我的照片上有掩不住的快乐。

4.

一层薄薄的果冻镜面，映着一个隐约晃动的影子。却用了雕花般的奶油，浓郁的咖啡香，透心凉的冰作为装饰品。

如果没有提前告诉你，那薄薄的果冻层上微微颤抖的影子，你会不会直接忽略它，只顾享受奶油的滑腻、咖啡的香醇、冰块的透心凉和果冻的爽口？

当你注意到那薄薄的果冻上微微颤抖的影子，你有没有想过，那也许不是真实的样子，也许只是经过了多层物质反射后的假象，抑或是一张带着笑脸面具的悲伤的脸颊？

5.

米兰昆德拉说，朋友是一面镜子，让我们更好地回忆起当年的自己。

其实，朋友的确是一面镜子，在让我们更好地回忆当年的自己的同时，也显现出现在自己的状态，幸福不幸福，快乐不快乐，过得好不好。

Hakuna Matata

只是有的时候,生活有时就像这样一杯花镜咖啡,太华丽,太繁琐,太零落,太多眼花缭乱琳琅满目的装饰,以至于让这面镜子反射出来的影像发生了扭曲,而人们却浑然不觉,依然深陷在虚假却华丽的影子里,自以为是,不可自拔。依然对那虚无虚伪虚假的影像评头论足,或羡慕,或鄙夷,或感慨,或不解。

知我者谓我心忧,不知我者谓我何求。
罢了,如人饮水,冷暖自知。

6.
不要用庞杂的修饰与魅惑的点缀,想当然地诠释一个人的全部生活——这是 L 对花镜咖啡的创意初衷。
只是,有多少人,在品味这杯集牛奶的腻滑、咖啡豆的醇香、冰块的凉爽与果冻的爽口于一身的咖啡时,能注意到那微弱的影子?更不用说去思考它所反射影像的真实与否。

古巴比伦，薄荷糖（五）

1.
古巴比伦。
"古巴比伦"这杯创意咖啡其实没什么特别，espresso 加巧克力酱，原本和咖啡摩卡没什么区别，只是有一次，L在煮咖啡时，不小心掉进去了一颗薄荷糖。尝了一下味道还不错，于是L将错就错，当做新款的咖啡推出。
这颗糖很小，小到可以被吞下去而毫无感觉。
不知什么时候开始，客人们开始争相点"古巴比伦"，却不是为了品咖啡的香醇，而仅仅为了寻找那颗微小的薄荷糖。

2.
古巴比伦。
古巴比伦让美索不达米亚平原的文明灿烂了上千年，而人们记住的，却只是那座已经消失了的空中花园。

很多事情也是一样——
当一部电影，以九曲回肠的情节在反转中华丽结束时，也许你记住的，只是那个仅出场两次的男配角回眸时的眼神。
当一段旋律，以柔软的情感伴着磁性声线尽情宣泄时，也许你记住的，只是那段唱词之间短暂的钢琴间奏。
当一个故事，以风花雪月的方式圈上理还乱的句点时，也许你记住的，只是书中序言里关于另一个故事的简介。

人是很奇怪的动物，以至于我们自己都不清楚，我们会在意什么，遗忘什么。
有时候，我们觉得会念念不忘的东西，却在转身的那一刻，被遗忘的基因吞噬得一干二净。
有时候，我们觉得本应无关紧要的东西，却被义无反顾地留住，在打马而过的时光里陪我们走过一年又一年。

一如古巴比伦灿烂了千年的文明终敌不过一个已不存在的空中花园，这用千万种材料烘焙的咖啡香，也终敌不过一颗偶然落进的薄荷糖。

这就是为什么L将这杯偶然得来的创意咖啡叫做"古巴比伦"——

"没有人阻止你对生命做长篇累牍的华丽解读与渲染，只是你要明白，改变你一生的，也许仅仅是那一个不经意的瞬间。"

3.

但丁爱上贝雅特丽齐，只是因为旧桥上那一次邂逅。春光明媚，阳光尽洒，阿诺河上波光闪闪，那女子迎面走来，雍容典雅的脸上闪过一阵细微的潮红。于是惊鸿一瞥再难忘，此去经年，曾经沧海难为水，除却巫山不是云。再多红妆，也只是云烟，再不相干。可惜的是，不是所有感情都会有王子与公主的结局。纵使但丁有凌云万丈才，也只能将满腔天堂恋爱的憧憬与爱却不能相守的郁郁化作"神曲"里只言片语的片段。

爱德华八世爱上辛普森，也许只是因为那次并不算愉快的谈话。嘈杂的聚会之后，关于爱好，关于身份，关于一番疏离了太久的没有寒暄客套的恭维的不算批评的批评。而在此之后，谁又会想到，这位离过两次婚的外表平平的女子辛普森，会让高高在上的英国国王爱德华八世公然对抗宪法，对抗国会，对抗皇室，最终放弃国王的头衔，成为温莎公爵——只为红颜相守一笑。

4.

曾经问过L，到底是什么使得他放弃了学了四年的酒店管理专业，选择了完全不熟悉的咖啡师的行业。

L说，因为有一次，他路过一家咖啡屋，在后窗看到那位年轻的咖啡师熟练地操作着咖啡机，脸上带着也许他自己都不会察觉到的笑容。那一刻，他突然觉得，其实生活除了朝九晚五，还可以有不同的节奏，可以用自己的方式，诠释想要的生活。

想起T学摄影的原因——一次照艺术照摆了数个小时的pose也没照出一张满意的笑容，却在摄影师按错快门的一次，捕捉到他最自然的状态。就是在那时，他发觉最好的影像，来自于自然，而不是华丽的堆砌。也是在那是，他开始渴望可以拿着属于自己的相机，拍下那些属于自己的风景，自然，无束，随意。

还有苏，爱上钢琴仅仅是因为那次看错了时间的海上日出，那是他第一次有想坐

山花烂漫 ◆ 长篇连载

下来弹琴的共鸣，不需要乐谱，不需要观众，只是坐下来静静地、纯粹地弹，细浪是节奏，微风是旋律，夕阳洒下的不浓不淡的胭脂红是最好的音乐背景。身边的人不会想到，仅仅是因为这一次阴错阳差，这个曾经将练琴当酷刑的男孩子，会从此远走他乡，颠沛流离，只为一段属于自己的旋律。

5.

没有人阻止你对生命做长篇累牍的华丽解读与渲染，只是你要明白，改变你一生的，也许只是那个不经意瞬间。你可以不信，但有时，真的一语成谶。

生活是一副扑克牌，你永远都不知道下一张抽到的会是什么。

也许，所有规划，再完美，也会在一个微小的动力下，土崩瓦解。

流年光转，每天都在继续，而你，是否注意到了那颗藏在生活咖啡里的那颗微小的薄荷糖？

卡萨布兰卡，幸福的可能（六）

1.

Sue离开的时候，L 没有去送。

机场的风，浇着灼热的空气，给 Sue 沉重的行李箱增添了一层不必要的光圈。

Sue被繁杂的拥抱与叮嘱围得水泄不通，可以去做牙膏广告的招牌式笑容始终像面具一样挂在脸上。Sue一直拖到最后几分钟才在机场广播一遍又一遍的催促下走进安检，游离的眼神一次又一次向外张望。我们都知道 Sue 在等谁，我们都知道那个人不会来，L 不会来。我想，Sue自己，也许比我们更清楚。Sue的航班在经历了一场潇洒的滑翔之后，在空中划了一条优美的弧线，渐渐消失在远方天际。

我们知道，Sue 这一去，必将无期。

感情的伤，是道验不出的光，却在洒下的那一刻，遍布全身，无处可逃。

Sue 最终选择离开，一年的时间不算长，但用整整一年的时间去为一个人付出却始终得不到爱的结果，足够让一个人遍体鳞伤，步步崩溃，全线撤退。

2.

Sue 走进咖啡屋的那天，太阳像是笑弯了腰，以至于阳光似乎以俯身的姿势穿过云层，倾泻在每个角落。就是那样一个灼热到烦躁的下午，Sue 一袭长衫站在没有一丝风的柜台边，点了一杯焦糖玛奇朵。

那个站在柜台后的男子问她，有什么事情不开心。Sue问，他怎么知道她不开心。

他说，因为她是少有的看到水晶球里的自己没有无意识地笑一下的人。如果不是完全浸在自己的情绪里，她不可能不笑。

那个男子就是L。

Sue 说，那是第一次，一个男子，以那样奇怪而独特的方式，轻而易举地察觉了她的情绪。用咖啡作比喻，陪了她一个下午，解开了她的心结。

只是，Sue 和 L 的关系，仅仅停留在咖啡与心情上。

一年，整整一年，也仅仅是关心，关照，带着些许暧昧，在我们看来。即使最后Sue用了很大勇气说出的表白，也是以 L "朋友比恋人长久"的婉言拒绝收场。Sue最终选择离开，L 依然祝福而没有挽留。

小苏咬着嘴唇说，她倒要去问 L，到底因为什么，连一个理由都没有就这样毁掉一个女孩子幸福的可能。

3.

回到咖啡屋的时候已近打烊，L 斜倚在柜台左边，手里的咖啡杯已空，咖啡的印记爬满了杯底。

"我知道你们想问什么。" L 的声音里带着肯定。

"那你就给我个解释。"小苏的语气一样不容置疑。

"Sue从未找我要过解释。"

"所以我要帮她要一个。"

"我知道你肯定会坚持"，L 在小苏咄咄逼人的眼神下突然笑了起来，"尝尝桌上的咖啡，很久以前的创意了，也许喝了就不需要我多余的解释了。"

4.

那是一个简单的白色咖啡杯，里面的液体已经看不出颜色。一口下去，发觉味道很怪，虽不算难喝，却没有了咖啡的醇香。喝尽，杯却未空，杯底显露出几片茶叶。才明白，原来咖啡是用茶水泡的。

"很奇怪是吧，照常理想，茶香，咖啡醇，茶水泡咖啡，应该是既香又醇，只是$1+1\neq2$，如果用茶水煮咖啡，茶与咖啡却都会逊色。不是因为香与醇不可以结合，而是咖啡的醇，茶水始终无法承接。"

"什么时候的创意？叫什么名字？怎么从来没见你泡过？"小苏的问题似乎总也问不完。

"三四年了吧，叫卡萨布兰卡。因为味道实在太不怎么样，没人点，以后也就没怎么泡过了。"

"那为什么要叫'卡萨布兰卡'？这咖啡和电影有什么关系？"

"这个你问她吧。"L突然很疲惫的样子，指着我说。

5.
"卡萨布兰卡不只是电影，也是一种花，属于百合的一种，花语是'负担不起的爱'。"我早已习惯了L的随时发难。

"负担不起的爱？有没有搞错，你怎么负担不起了？"小苏的声音突然高了八度，带着不解与不耐烦。

"因为，Sue是已经订了婚的女子。"

"什么？"小苏和我几乎跳了起来。

"Sue的航班明天早上会到达长沙，等了她一年的男朋友会在机场接她，一起看婚纱。"L望着手中的咖啡杯，幽幽地说。

"其实，Sue进咖啡屋的那天之所以会不开心，是因为和她朝夕相处了四年的男朋友去了外地工作。我那天也是碰巧有时间，告诉她要相信感情的稳固。之后大家熟了，关心多一点而已。我怎么会去破坏别人经营了那么多年的感情。"

小苏和我愣在那里，沉默，只剩下空气在凝重的气氛里放肆游走。其实，其中的曲折，L不说，我们也猜得到。

Sue在这一年里，在这等待的一年里，对L早已不仅仅是简单的互相关心了。只是，四年的感情，四年的经营，四年的彼此了解与守候，毕竟不是可以轻易放弃的。

这就是为什么L对Sue始终是关爱有加却拒绝暧昧。
这就是为什么L会拒绝Sue下了那么大决心的表白。
这就是为什么L祝福却不挽留Sue的离去。
因为他知道，在Sue的心里，有一个不可跨越的四年。
因为他知道，以Sue的个性，放弃了这段刻骨铭心的四年，她会用将来的四十年去遗憾。

　　因为他知道，一旦他答应了Sue和她在一起，随之消失的，可能是另一个人的幸福的可能。

　　因为他知道，这段以四年刻骨铭心的感情与另一个人幸福的可能为代价的爱，他注定负担不起。

　　所以他要 Sue 回去，在她两难的时候，甚至在她已经要用四年的感情做赌注和他在一起的时候。因为他知道，在Sue长长的一生里，他也许只是个留得太久的过客，会留下些许记忆，但终将离去。

　　6.

　　卡萨布兰卡，负担不起的爱。

　　茶香，咖啡醇，结合却是逊色的结果。也许，特定的固体只能由固定的液体溶解。咖啡的醇，茶水始终无法承接。

　　卡萨布兰卡，负担不起的爱。

　　我不知道 L 是不是爱过 Sue，但我知道，他有他的原则，他的底线，他的坚持——

　　爱要成全，不是摧毁。

　　爱要负责，不是任性。

　　他要Sue幸福，尽量不打折扣的幸福。

　　因为他要她幸福，所以他要他们幸福。

　　因为他要他们幸福，所以这段爱，他注定负担不起。

　　7.

　　L的咖啡屋依然人来人往，我们依然好奇会有怎样的女子随人潮走进L的生活，然后停留，走进L的生命。

　　L常自嘲说因为太爱，喝了杯卡萨布兰卡所以此生无望了，我告诉他，其实卡萨布兰卡花的花语有很多种，比如淡薄的永恒，比如爱我的人和我爱的人……要看你怎么想，没有人封锁你幸福的可能。

　　卡萨布兰卡。

　　很遗憾，有些爱，注定错过与被错过后，再也负担不起。

　　很庆幸，即使是负担不起，还有默默祝福与被祝福的权利。幸福的可能，一直都

在那里。

　　一杯卡萨布兰卡,淡了的茶香,淡了的咖啡醇,祭奠那些负担不起的爱情,找寻那些幸福的可能。　未完待续

一抹尘埃（二）

文　/刘苏
摄影/单点

一抹尘埃(二)

文 / 刘苏

04.

烟头说过一句话,时光的流逝就像放的屁,一去不复返。

虽然行文龌龊,但字字逼真,也能堪称为我们宿舍的一句不朽的词句。别管大俗大雅,只要说得有道理就是好句子,如果能够流传,那便成为经典。其实在我眼中经典未必都是好的,东西要因人而异,就像那句众所周知的话,世上没有完美的东西。所以我坚决认为经典并非完美,只是喜欢的人相对多一点而已。

和那个短头发女孩进行了第一次的亲密接触之后,她仿佛一下子消失了。直到两个星期后才出现,而且又是那么的突如其来。

两个星期的时间让新学期的生活步入了正轨。小黑延续上学期就已经制订的考研目标。每天早起晚归,有规律的教室、图书馆、宿舍三点一线。而我和烟头也开始有规律地睡懒觉,醒后上网打CS。

小黑从大一就对我们俩的颓废生活很是不满,并苦口婆心要求我们俩制订人生目标。

烟头说他有目标,就是做杀手。所以一直苦练CS,以达到一枪让对方毙命。

而我从高中学会弹吉他之后,就一直梦想当一名像高晓松一样的音乐人。不过自从学了这个专业之后,我就已经跟梦想背道而驰了。

上高中的时候,我是学校有名的除了会惹是生非别的什么也不会的落后分子,当时的班主任很不屑地说我要是能考上大学,他就把获得的奖金给我。结果我考上了,之后去跟他要钱,他竟说是为了激励我,一切都是戏言。我心想,原来为人师表是可以这样的。现在我上的中文系,将来十有八九成为语文老师。而我毕生最讨厌的两种职业一个是军人,一个是老师。

我有自知之明,我一旦沦为老师,必然是教育事业的悲哀,我不想再多一个像高中班主任一样没有自知之明的老师了。

小黑说学中文未必一定当老师,也可以当官。

当官是无数人的梦想，谈何容易。如果哪天哪个领导丢给我一个官当当，我肯定义不容辞地冲过去双手接着。我要是假惺惺地婉言谢绝，说谢谢领导对我的厚爱，小生一介草民，怕能力有限，难以胜任，还是把这个机会留给有志之士吧。如果我这样了，肯定会把我父母气得吐血，颤抖的双手在空中生硬地指着我骂道，作孽啊，怎么生了你这个傻瓜。

将梦想抛之脑后，必然要找新事物填充生活，于是我和烟头选择了上网。网络是个载体，这两年一直承载着我和烟头的颓废。而网络游戏就像毒品，麻痹着我们颓废的痛处。

开始只有我和烟头玩CS，而且每次单挑之后，我发现我比烟头更适合当杀手。林娜跟我分手之后，我一度心情不好就把烟头当靶子，而且屡试不爽。水平也一路飙升。

这天我和烟头听说对门宿舍组成了一个叫"无敌梦之队"的CS战队。我和烟头坚决认为他们叫"无敌蒙之队"还差不多。于是上门挑战。

对方接受挑战，并要求我们加一个人，他们不想在人数上沾光。

我和烟头坚决不同意。

他们说，我们两个人跟你们打就行，赢了你们别说我们以多欺少。

我说，别呀，要玩就玩有难度的，我们"无敌扫蒙队"也不是浪得虚名。

队名是我顺口胡掰的，就是想对他们明嘲暗讽，好激起他们的斗志，以最佳水平迎战，并败得心服口服。

随后我们来到网吧，各自分开。开战之前，我先挂上QQ，打开音乐网站，然后开始和对方厮杀。十分钟后，战事明显落后，我开始有些浮躁，而烟头浮躁得更加厉害，从语言里就能听出来。他说，日你们三个的娘，让她们把你们生得那么会蒙。我也觉得对方确实挺会蒙，而且都是一枪就蒙我们脑门上。

我和烟头被打乱了阵脚，只能一路开枪狂扫和乱蒙，让我觉得"无敌扫蒙队"取得真有先见之明。也让我觉得今天特傻逼，和烟头单挑时的那股牛逼劲跑哪去了，他妈的。

中途，烟头去了趟厕所，结果一去不回。兄弟都是好样的，关键时刻总能全身而退。扔下我一个人在这儿受折磨。

后来几局我学聪明了。惹不起他们就找个犄角旮旯藏起来，进行偷袭，几局下来效果喜人，战绩有了小小的好转。不过后来的几局他们摸清了我的藏身之地，紧接着被一枪击毙。然后对方一个家伙嚣张地说，狡猾的狐狸是逃不出猎人眼睛的。

　　我说,我靠,我用的是警察,你们才是土匪,妈的,什么世道,土匪比警察牛逼。

　　其实我对警察没什么好印象,高中时候我和一帮兄弟经常在外边打架,没少跟警察打交道。有一次,我的几个兄弟去别的学校玩,正好碰到了以前的仇家,他们打主场,人多示众。我的这几个兄弟跑进学校里躲了起来,并报了警。一个小时左右110来了,没想到其中的一个警察和仇家认识,寒暄了一阵便开警车走了,临走前还甩给我兄弟一句话,他们又没有打你们,不算犯法。我兄弟说,你走了他们就打我们。可是车已开远,留下了一路的乌烟瘴气。就这样在我这个兄弟的友情提示下,仇家茅塞顿开,他们几个就被揍了。我去医院看他们的时候,他们握着我的手悲痛地的说,这日子没法儿过了,地痞和警察都搞联盟了。

　　成绩一如既往地下降着,我只盼着时间能早点结束,解救我脱离苦海。可是没几分钟，一个神秘人加入战斗，而且更会蒙，枪枪毙命，弹无虚发。真是天无绝人之路，顿时我的斗志一下被燃烧了起来，全身心投入到消灭土匪的战役中。人在逆境中看到希望，总能把潜能发挥出来，我的枪法也一下子变得准了很多，虽然不能像那个神秘人一样百发百中，但是起码一百发能中。就这样一直持续到全局结束，我们成绩反超，最后胜利。

"无敌梦之队"说，你真是高手，一开始都让成那样了还能赢。

我插根大葱装象说，随便切磋，没什么的。

这时候我QQ号显示有人加我为好友，心情高兴就忘乎所以，加，管他是公是母。接着对方很快发来信息："小样，你得意了吧！"

我回复："你谁啊？是人是鬼，别装神弄鬼到处招摇吓唬人。"

发送之前看了看对方的资料，网名叫"等他去看海"，是一女孩，年方二十，比我小一岁。据我这几年的上网经验看，她至少比我大五岁，因为网上的女孩为了吸引异性眼球估计都把年龄缩小几岁，当见面之后发现不是鱼尾纹纵横，就是满脸沧桑交错。

以前听一个朋友说过，他一个女网友在和他聊天的时候矫情得让人心痒，令他充满幻想，经过几次的打情骂俏之后决定见面，并约定他拿一支红玫瑰，女的拿一支黄玫瑰。可是见面的时候一个黑不溜秋的中年妇女拿着黄玫瑰过来说，我就是你要等的人。我朋友说，大妈，我是卖花的。然后一溜烟跑了。从此该朋友再也不相信网上有美女，并说，现实都他妈的够虚伪了，没想到网络更他妈虚伪。

"嘀嘀"，QQ又有新信息进来。

"等他去看海"说："刚刚你玩CS让人欺负的时候怎么没有现在嚣张啊！我靠，我可告诉你，我可是一美女，不是鬼。"

我说："那我更不敢恭维了，从你的网名我知道你现在还没男朋友，要不然也不会等他去看海了。"

"等他去看海"说："谁说美女就一定有男朋友啊，本小姐就是个另类，哼！"

我说："但凡没有男朋友的美女一般有三种，第一种是眼光太高，第二种是同性恋，第三种是自认为是美女，我估计你属于第三种情况。"

"等他去看海"说："我靠，你想死啊！"

我说："呵呵。"

"等他去看海"说："本以为你玩CS挺厉害，没想到原来是菜鸟一只，哈哈哈哈哈哈……"

我说:"对了,刚刚让你绕晕了,你到底是谁,你认识我吗?怎么知道我刚刚玩CS?你是不是那个神秘人?你到底是何方妖孽,快说,不说,就先奸后杀,然后再奸再杀。"

"等他去看海"说:"哎呀,我好害怕啊!我就在你后面,你来强奸我吧,哈哈。"

我回头一看,那天在电影院认识的女孩正吐着小舌头对着我咯咯地笑。我对她做了一个枪毙的手势,她也很配合地装出死亡的表情,很默契,也很可爱,让我感觉她这种可爱是天生的,很真诚。

"等他去看海"说:"刚刚帮你玩CS,以后你要谢我的,跑不了你,再告诉你我刚刚帮你玩游戏的时候下载了作弊器,哈哈,要不然我才没那么厉害呢!不过他们三个太蠢了,这样都没看出来。"

当我看到她的最后一条信息之后,回头找她,对面座位已经空空如也。动作如此矫健,简直是一幽灵。

05.

上高中的时候我把自习课上抓正在捣蛋的学生的老师尊称为"幽灵"。其特点:一是,来无影去无踪,行踪十分飘忽,让我无法摸清出没规律。二是,侦察率百分百,每次出现都能抓我个现成。三是,铁面无私,整个一包青天,无论我如何狡辩他都不予理会,硬是把我拽进办公室。时间一久我便成了办公室受教育的VIP成员。VIP有个好处,一旦加入,必然引起组织重视,所以我很荣幸地成了"幽灵"们的重点抓捕对象。

短发女孩的突然出现有点像幽灵,却解救了水深火热中的我,也算大功一件,让我的虚荣心在那天得到了极大满足。

不过生活中具有幽灵特征的事情还很多,就像几天后我竟然收到一封奇怪的信。

刚上大一的时候还经常和高中朋友们写信联系,以抒发心中感慨和对人生的见解。现在回头想想真感觉那时真是一愤青,吃饱撑的没事干,有什么好感慨的,有什么好见解的,人生不就是天违人愿或天遂人愿那点鸡巴破事吗。

然后打开信。

伊铭:

一切都源于那个落叶的季节。

那是两年前的秋天，我妈妈去世了。当枯叶片片落到我脚下的时候，我的心如同枯叶一样开始绝望。当我在最伤心的时候，我听到一阵优美的旋律，然后看到你坐在已经枯萎的草地上弹吉他。看到你修长的手指在琴弦上来回游荡，我顿时被你迷住了，可是看到你身边依偎着一个女孩，我又开始失落了。

她叫林娜对吧，很漂亮，你们也很般配。般配得让我妒忌。本来我以为你们会天长地久在一起，可是后来你们分手了。

之后的很长一段时间里我都能看到你满脸惆怅，眼神空洞，举手投足都透出浓浓的忧伤，看得我心疼。也很想陪你一起分担忧伤。

明天下午5点我会在学校的紫水湖边等你。

可爱的妖孽
3月25日

字体清秀文采飞扬。让我浮想联翩，会不会是个美女。尤其是看到把我形容得天花乱坠，我心里更是美滋滋、甜丝丝的。我敢保证没有一个人不喜欢收情书的，就算看某男或某女收到情书后却摆出一副不屑一顾的样子，那也是在装逼，其实心里偷着乐呢，恨不得赶紧拆开看看，谁不希望被人欣赏和夸奖。人终归是人。

兴奋过后我开始怀疑所写人物真的是我吗？我怎么没发现自己那么酷啊，揣着忐忑的心又看了一遍收信人名字，纵然摆着"伊铭"俩字，然后又是一阵窃喜。

别人看到我现在一脸没出息的亢奋样，肯定以为我是第一次收情书。这我得解释一下，简述一下我曾经的风流史。

高中时期我是出了名的"万花丛中过，片叶不沾身"，因为我只采花，不碰叶子。那些花儿在我人格魅力的照耀下，毫不犹豫地跪地投降，俯首称臣，任劳任怨，保持不怕苦不怕累的精神任我欺负，让我觉得女性真是一个善于奉献的群体。

记得当时我还有一句特经典的话语，传播度很高，全校无人不知，连语文老师都找我谈话说，女生都说让男生拜倒在她们的石榴裙下，你可好整出一个让所有女生拜倒在你的花裤衩下，他妈的你太有才了。

虽然我接触过众多的女生，可是总感觉缺少点什么，直到遇到林娜我才发现，缺少的是真心。林娜是我第一眼见到会脸红和心跳加速的女生，用学名形容叫一见钟情。和林娜分手后，我才发现一见钟情太不靠谱，害死人。

为了纪念那段差点没害死我的爱情，我雅兴大发挥手写了一篇文章。烟头和小黑看完直夸我有文学天赋。

对于烟头的夸奖我只当放屁，因为我对他对事物的认辨能力一向不看好，要不然也不会找个烟蒂这样的女朋友了。

小黑可是我们系出了名的除了学习坚挺之外，其他都柔软，能得到他的赞赏我倍受鼓舞。于是往校刊上投稿，没想到一击即中，让我当时萎靡不振的心有了一丝慰藉。不过转瞬即逝了，因为没给我稿费，说是属于义务劳动。靠，对我的打击真是一波未平一波又起。

不过第二天去见面的时候，我又遭受了一次打击，而且是猝不及防。

在前往紫水湖的路上，我一直告诫自己对方肯定是个丑八怪。因为希望越大失望越大，反之则是失望越大希望越大。往往当不抱任何希望的时候奇迹就会出现。这是上天惯用的操人方式。

我比较懒，但是并不是懒到不修边幅，出发之前我还特意照了下镜子。其实我一直心有余悸地希望对方是美女，可又一想，有哪个美女这年头没男朋友呢。虽然我们学校是师范大学，听起来仿佛美女众多的样子，其实不然，寥寥无几。越靠近紫水湖我的脚步就越沉重，真怕千里迢迢，不辞劳苦前往，再让对方吓个半死。

就这样在憧憬和懵懂中我来到了紫水湖。

06.

当我做好心理准备后，还是被现实重重地冲击了一次，十分钟前惊心动魄的一幕终于以短发女孩的及时出现而终结。

我坐进短发女孩乘坐的出租车里，擦了擦头上的冷汗，然后点了支烟抽了起来。

由于在紫水湖发生的事情让我神情有些受刺激，所以不时地发呆。

她拍着我的肩膀说，怎么了，还在想刚刚那个美女呢。

我说，我还不想英年早逝。

她说，你是不是调戏刚刚那个女孩了，人家才会追着揍你。

我说，得了吧，你不看她的样子，明眼人一看就知道她调戏我。

她说，你就臭美吧。

我说，你别忘了你可是趁我不备亲过我一次，足可见我是有姿色的。

她打了我胳膊一下说，我今天算是救了你一命，你怎么报答我啊？

说真的姚瑶刚刚的出现还真及时，我刚逃出学校就看到她坐在出租车里向我挥手，本能的反映下我上了车，也正是这样我才得以解救。

我翻遍了身上所有的口袋，只搜出半盒烟，一个一次性打火机，三块五毛钱和一

包纸巾，全抖在她眼前。

我说，你看着挑一样吧，我绝对不含糊。

她说，讨厌吧你，真没良心。

我说，这样还不行啊，那你想要什么？

她说，我要你以身相许！

我顿时大脑缺氧，这个代价也太猛了点。

司机师傅透过反光镜看了两眼，笑了笑说，你们还真挺般配。

她说，谢谢师傅。一副二百五的表情。

我说，你跟谁都般配。

结果遭到一阵殴打。

几分钟后出租车在肯德基门口停下了，一共十八块钱。交钱的时候我真的挺不好意思，我向来没有让女孩掏钱的习惯，说好听是有狗屁绅士风度，说难听了就是死要面子。这次我是彻底想绅士一下都无能为力了，身上那点钱还不够寒碜的。短发女孩给了司机师傅二十块钱并说不用找了，一副该千刀万剐的样子。

推门进去的时候,我对她说,你真大方,小费都给两块钱,你啥时候也打赏一下我啊。

她说,打你个头,今天我请客,你少吃点。

我说,多吃你能拿我怎么着?

她瘪着嘴傻笑说,扁——你。

什么是世界上最厉害的物种,我觉得是人类,因为人类是世界的主宰。不过女人又号称是男人的主宰,所以得出结论是女人天下无敌。

她叫姚瑶,美术系的,跟我同届,比我小一岁,才二十。这是和她这次见面才知道的。其实她的大名我早听说了,只是没见过,而且她擅长做动漫。听说过她是因为她一直是众多男性同胞晚上意淫的对象。

姚瑶去买东西,我自个儿坐在那,想了想今天的事儿就觉得可笑。

当时我赶到紫水湖的时候,并没有急于露面,想暗地里先观察对方虚实。其实紫水湖平时人很少,在这儿等人的会一目了然。因为四年前一个学姐为情所困,看破红尘,葬身此湖。后来有人说在湖面上看到过她的魂魄,就这样很少有人来紫水湖。以前我和林娜不知道这事儿,还经常拿着面包来喂金鱼,看四周无人还经常偷偷亲个嘴,幸亏没让这个学姐看到,要不然肯定现身揞我,边揞边骂,男人没一个好东西。

五分钟后一个类似女孩的怪兽出现了,在跟她距离十米开外的地方,我还是能估摸出她接近一百公斤的体重。我心说,今天不会那么倒霉吧。然后倒霉的事发生了,她发现了我,喊着我的名字就狂奔过来,地面顿时有种想要塌陷的感觉。我本能地撒腿就跑,而且速度史无前例,人的潜能真是无极限,从我双腿的摆动频率就能看出来。不过似乎爱情的能量更变态一些,因为几次都差点被她逮着。

对她的速度和毅力我油然而生了佩服之心,长得像猪似的,跑起来还这么快,真是不容易。又一想猪本来跑得就挺快的。就这样一路狂奔到学校门口,正好遇到了姚瑶,她招呼我上车才逃出了魔爪,不,猪蹄。

我觉得我跟姚瑶真是挺有缘,两次需要帮助的时候她总能在关键时刻出现,简直就是大慈大悲的观世音菩萨,不过菩萨比她温柔多了。

姚瑶端着食物过来了,很丰盛。

我把吸管插进可乐说,不用买那么多,我吃不了。

她说,谁说给你吃了,这些都是我的。

然后只把一个墨西哥鸡肉卷放到我这边。我欲哭无泪。

在吃饭的时候，姚瑶问我吉他为什么弹那么好？

我说，你怎么知道我会弹吉他的？

她说，在大一的迎新晚会上，你弹着吉他唱自己写的歌，当时可把我们系的很多女孩迷得七荤八素的，特没出息地给你放电。

我说，你是不是也被我迷得七荤八素的？

她理直气壮地说，对呀。

看着她的表情我情不自禁地笑了起来，姚瑶以为我在嘲笑她于是拿可乐泼我。

我很不好意思回忆刚进大学时候的我，感觉那时特傻逼。

指导员说了句，你们要多争荣誉，多拿证书，这样对你们以后有好处。于是我当成了真理，并积极付诸行动响应号召。由于我别的不会，只会泡妞和弹吉他，可是学校没有为泡妞设立奖项，只能弹吉他了，于是参加了很多晚会。第一个晚会是军训结束为教官送行，我小试牛刀，随意演唱了两首原创歌曲，竟博得满堂喝彩。指导员看我表现不错，给我颁发了一个"优秀标兵"证书，让我第一次感觉大学确实够黑的，以前都是听别人说，这次是深有体会。因为军训的两个星期里，我请了十天假，有这样的优秀标兵吗？

一年后，我才知道原来这样的证书只是一张纸而已，没有任何价值，如果硬说有意义，那也是见证了我当年是多么的厚脸皮，说上台就上台，十足一个愤青。

不过姚瑶也挺愤青的。姚瑶买了很多吃的，只吃了两个鸡腿就说饱了。而我还在饿着，于是主动请缨，为她减少负担。

姚瑶诡异地说，真想吃吗？

我说，我不是想吃，就是怕浪费了。

姚瑶说，哦，原来这样啊，那你吃吧。然后在汉堡上咬了一口递给我。

我说，我操，你真恶心，上面还沾着口水呢。

刚说完，就看到姚瑶拿起汉堡朝我砸了过来。

我们折腾了一个多小时，看了看时间已经晚上8点了。我们便决定离开肯德基，在推门出去之即，一个女孩和一个高大的男生正好推门进来，和我撞个满怀。我定眼一看竟然是林娜和她现在的男朋友。

门很窄，只有两个人同时出入的空间，现在他们进不来，我和姚瑶也出不去，气氛很尴尬，真是狭路相逢，针锋相对。**未完待续**

雨中相遇

文／薇络
摄影／ison

雨中相遇

窗外的雨用力拍打着窗户,雨珠敲砸在窗户上,发出巨大的声音,这是今年最大的一场雨了,下得那么轰轰烈烈,就像人世间的一切都要被摧毁了一样。

我拿了一本书,坐在窗户旁,拉开窗帘,一边听着暴雨的声音,一边看一个清淡如茶的故事。

雨水在玻璃上蜿蜒出一道道痕迹,像泪水一样流下来。

隐约间,自翩然而下的雨水之中,我竟看到一道袅袅升起的人影,宛如炊烟一般,缥缈而不真实,但那确确实实是一个人的样子。

我扔了书,飞快地跑出去,雨声潺潺的世界,竟没有一个人,而我,没有撑伞,就那样站在大雨中,并没有觉得冰冷,只是雨点砸在身上,有些疼。

我在大雨中走了一会儿,看见文体活动中心,便走进去,三三两两的老人坐在一起,有的在闲聊,有的在打太极,还有的竟然在下围棋。

我一时心动,走到下围棋的地方,驻足观看。

那是一个老人和一个与我差不多大的少年在对弈,那少年看起来像是高手,走了没几步,竟然就把那老人逼得死死的,老人抚着胡须看着棋盘,陷入沉思中。

趁着空隙,有人问那少年:"是职业吗?"

那少年抬头微微一笑:"不,只是业余,看着人下过而已。"

几个老人都惊叹起来,连我也不禁多看了那少年两眼,这么小的年纪下出这一手好棋,还说只是看着人下过而已。

莫非这是天才?

而我的心里,突然想起sai的身影,《棋魂》中那个在少年心中复活的天才骑士,莫非这小少年也有一个棋魂在指挥着他的手在棋盘上纵横千军万马?

这一局棋老人中盘就认输,被攻城掠池,几乎没有招架的力量,棋局一完,老人倒是十分高兴,拍拍少年的背说:"好啊!真不错!下次再来,给我们下指导棋吧。"

少年低头笑了笑，有些羞涩，便跑了出去，他竟然也没有撑伞，在大雨里一个人走着，各种颜色的雨伞在他身边来来去去，可是他宁愿淋着雨，也不愿寻一方小小的庇护。

我对他倒好奇起来，便一路跟着，反正也没有什么事情做，正好在雨中漫步，散散心好了。

可是他很快就发现了我，在街角把我挡住，他的身高在我之上，我又是跟踪他，不免有些心虚。

"你跟着我？"

我笑了笑，颇觉得不好意思，他大概觉得我是什么"怪阿姨"之类的，虽然我们年纪差不多，可是他确实是个很英俊的少年，而我被雨水淋湿了，长头发披着，像个女鬼一样。

"下棋吗？"他又问，大概刚才在文体中心对我这个狼狈的围观者还有些印象吧。

我笑了笑，摇头："我不会下棋。"

"可是我看你很内行的样子啊。"他倒没有追究我跟踪他的事情。

我只好诚实地承认："其实我就看过几部漫画而已。"

"哦，是《棋魂》吗？"他竟然和我颇有志同道合的感觉，末了，还说，"我也看过。"

"那你喜欢谁？"我脱口就问，也忘了现在的情况。

"sai吧。"他笑起来，被雨水淋湿的面庞现出一股羞涩，大概觉得这样和一个陌生人说话不太好。

我也意识到了，于是说："我刚才看你下得挺好，突然想起sai，想着你身体里是不是也有另外一个灵魂，所以就想跟着看看，我没有恶意的！"

"我身体里可没有sai，不过你喜欢下棋的话，我可以教你一些的。"他大方地说。

"好啊，你先说说你是怎么学的？"

"喜欢就学了，凭兴趣，然后看了几本指导的书籍，在网上和人对弈过几次，网上有很多高手。"

他说得轻描淡写，可我却不禁吃惊，自学也能成才，我算是看见一个了，我虽然对围棋不是那么了解，可是刚才看他下的几步，把那个老头逼成那样，要知道，那些老头子不知道下了多久的围棋呢。

"那我还真得跟着你好好学学。"我喃喃地说,心里已经打定主意,这个假期,怎么也得把围棋的皮毛学会。

大雨中,那个少年朝我笑了笑,转身要走:"那么,明天你来文体中心吧。"

我答应了,自己也回家去,换了身干净的衣服,竟然不相信会有这样的奇遇,算是一种缘分吧,这个世界上,总有一个人和你是命中注定要相遇的。

第二天我很早就去了文体中心,发现他竟然比我还早,已经在那里向几个老头子挑战了,听他们谈笑,他今天还是轻松获胜了。

他抬头看见我,便笑道:"你来了。"

我点点头,走过去坐下,看他收拾着棋子,忐忑地问:"我没下过围棋,所以……"

"有些人,天生就被赋予的本领是难以超越的,可那毕竟只是一种单纯的能力啊,后天学会的,才算真正的才能。"

他的几句话让我心里的忐忑不安一扫而空,我坐下来,开始执着白子,在棋盘上摆一些简单的定式,学着怎么进行围棋,这是一门枯燥的艺术,可是此时学起来,竟没有觉得无味,反而有种雄心勃勃的兴致。

大概有他这么好的老师,我想没有兴趣都不可能。

身旁的几个老头都微微笑着说:"有前途有前途。"

我心里更高兴了,更加努力要学会,初中时喜欢和同学玩五子棋,想不到这竟也是围棋的一种入门,所以我学起来还算得心应手。

他看了我两个小时的成果,也笑着称赞:"学得不错。"

我说:"可以和你下一盘吗?"

他说:"和我下你必定是要输的。"

我耸肩,撇嘴,他说得不错,以我的水平,必定是要输的,除非我忽然有什么天降的好运来。

他和我下了一盘指导棋之后,天开始下雨了,又是昨天那种倾盆的暴雨,砸在玻璃上发出噼里啪啦的声音。

他忽然转过头,出神地望着外面的大雨,那神情,竟像是深陷其中不可自拔。

瓢泼大雨让整个世界都模糊了,隔着一层透明的玻璃,里面是如此温暖和谐,而外面,确是凄风冷雨,这种感觉,实在很难形容。

而我现在,手执着黑白棋子,正在进行一项千百年来让无数高雅人士沉迷的活动,一瞬间,突然有种时空颠倒的感觉。

无论过多少年，围棋依然是围棋，时光的洪流再强大，也无法将它淹没。

我看着出神地望着玻璃外的他，情不自禁笑起来："喂，想什么呢？"

他回过头望着我一笑，说道："没什么。"他手里把玩着一颗棋子，想了想，又抬头说："你说，几百年、几千年之前，是不是也有人和我们一样，手执棋子在棋盘上厮杀，而外面大雨连天。"

我执棋的手也不禁一滞，他竟和我想到一块去了。

"必定是有的，围棋是那么古老的艺术，迷恋它的人多不胜数。虽然我们生活的时空变了，但是下棋的心情是一样的。"

"你不嫌我这样多愁善感很矫情吗？"他低头笑了笑，棋子落下，竟一下子就把我给逼入绝境。

我苦笑，唯有认输了，可是嘴上却说："有什么人可以干涉一个人的内心？如果你被干涉了，那么，我只能说我很遗憾。"

他轻声道："和你说话感觉很好，没有负担。"

"谢谢。"我知道这是夸奖，所以毫不谦虚地接受了。

整理了棋盘，他便要走了。

"明天我还会来的。"

"我也会来的。"

走出，又是大雨连天，这一次我撑了伞，走出去，暴雨中我这一方小小的天地似乎摇摇欲坠，抬眼望去，他依然没有撑伞，孤单的背影在暴雨中，渐行渐远。

一连几个星期，在这个假期里我几乎把所有的时间都耗在围棋上，虽然说不上有什么造诣，不过棋艺确实进步了不少。

和文体中心的老人对弈，分先下的情况下，我也只输了2目，对于这样的成绩，半路出家的我，已经很高兴了。

想要追上他，必定还要再下一番工夫的。

"不错，不用多长时间，你就能和我对弈了。"他看了我一局棋之后，竟然也出口称赞。

我高兴地说："还是你这个师傅教得好。"

他竟也没有谦虚，脸上有一种十分具有成就感的笑容。

大概我这样的弟子，也不至于让他丢脸，我还不是扶不上墙的烂泥。

我想着，不用多久就可以和他对弈了，我确实很迫切地想知道，我和他的差距，

雨中相遇

究竟有多远。

可是和他对弈的那一天，或许永远不会来了。

又是一个大雨天，我匆匆忙忙赶到文体中心的时候，竟然没有看到他，我心想他或许有事来不了，便一个人摆了一个上午的棋谱。

第二天，他依旧没来。

第三天，第四天……大雨已经停了，这个城市，似乎已经慢慢走出了雨季，阳光灿烂的日子里，看着天上浮云飘荡，我竟然觉得不习惯。

开学后，我要到另外一个城市上学，不能继续来文体中心，我把我的联系方式留给文体中心的老头，请他们在看到他的时候交给他。

我以为，等他有空了，说不定会主动联系我，我这样的弟子，怎么都不至于让他失望而不想见我吧。

可是他竟然像人间蒸发了一样。

回学校我加入围棋社，棋艺一天天长进，竟然也混得不错，代表学校参加几次比赛，还拿到几个分量不小的奖杯。

这样的成绩，当然要归功于他。

我想不出他不见我的理由，他既然教会了我围棋，那么怎么也该和我一起分享成功的喜悦，关于围棋的一切，我也只想和他倾诉。

我和好友说了在文体中心学习围棋的这件事，她竟然笑我说："你看你，我就告诉你不要看那么多漫画啊，这个情节好假啊！你觉得他会是sai吗？"

我气得脸都红了，站起来拎了书包就走。

Sai！

Sai！

那是一个虚构的人物，是不存在的！幻想中的人，怎么可以当真？

可是他，他是真实的，我切身感受过，我见过他，和他说过话，和他下过棋，他是我围棋上的启蒙老师，他不可能是一个幻想！

假期里，我在文体中心蹲点，每一天都不缺席，一定要等到他，以前熟识的几个老人都不太来了，换了新的面孔，可我的心情并没有换。

和新来的几个老头下棋，我竟然可以获胜，不免有些得意。

"好干净利落的手法！你是职业的吗？"一个老头输了棋之后问道。

我笑了笑："不是，只是有兴趣而已。"

看看玻璃外面，又是一个大雨的天气，每逢大雨，心情总是特别低落。

雨中相遇

我和他相识于大雨天，也结束在大雨天，没有什么激烈起伏的感情，只是淡淡的几句话，几颗棋子的起落。

可是未免结束得太快。

我走出大门，冷厉的空气袭来，雨天的味道，总是让我想起他。

我收起雨伞，索性冒着暴雨走回家去。

走了一段路，忽然有个少年跑过来，满头黑发都被大雨淋湿了，贴在他略显稚气的脸上。

我诧异地看着他，记忆中，似乎不认识这个人啊。

"你只是有兴趣就下得那么好？"他劈头就问，他也没有打伞，一张口，雨水就顺着脸颊流进他嘴巴里。

我想笑，却还是强忍着点点头。

他低着头狼狈地把雨水擦干，有些窘迫地说："我刚才看你下棋，我只是……"

这个情景似乎分外熟悉，脑子一转，忽然想到，很久之前某个暴雨的日子，我不也这样狼狈地和那个人相遇吗？

雨水似乎柔和了一些，我笑着问："你下棋吗？"

他一愣，点点头："我没下过棋……"

"那我的水平应该可以教你两招的。"这个假期，似乎也不会太闷。

不知姓名的那个人，你出现的使命到底是什么呢？只是为了把我引进围棋的世界里吗？

你那么神秘，让我也不禁以为你也是从棋盘里复活的棋魂，千万年，围棋在你心中从来没有消失过。

也许我也可以像你一样，把另外一个人也引进这个神秘的世界里。**The End**

镐和钽满脸写着惊异，他们不知道这个震动到底意味着什么。突然从天而降一本书，恰巧落在了两人的面前，柳树的根部。

他们小心翼翼地向前拾起小书，一看封面，上面写着"卦吧"二字。但他们还是提心吊胆的，生怕小书中有机关会结果了自己的性命。两人默契地互视对方，会意地点了一下头，很壮烈的样子。

然后同时打开了那本神秘的天降之书。第一页完全空白，什么都没有，但当他们翻到第二页时，两人惊吓得差点倒地，上面画的动物竟和白赤一模一样，而在图案的下方有一行行楷书云："属种：鸟鸡。身世：古代神鸟与草鸡私会时所得下产物。优势：知过去，预未来。杀伤力：无极。"后带有一小括号，里括："长生不老。瞠目结舌。"

两兄弟目光相接，如一对恋人般，眉目传情。只是他们传递的是寒气逼人的恐怖。回跑吧这事，谁想找死啊！

带玉依然每天带着白赤来到明山溪边玩耍，清晰的轮廓倒映在清澈的溪水中格外清楚。水姨终究没能再老朽一些，她就只能这样子了。这让带玉异常兴奋，因为他知道，只要人不太老就不会死掉。她就能和水姨永远生活在一起。

镐和采挂继续他们的打猎卖猎的行当，虽然越来越多的明山百姓对此不满。指桑骂槐者不胜枚举。而他们对这些在他们看来是流言飞语的恶毒话语早已麻木不仁。链爷爷终于保住了那棵千年古树，虽然差点被两兄弟抛弃于荒野。

而两兄弟也改行做起了算命先生，本以为这是个体面的活路，不用每天偷鸡摸狗，受人白眼。怎么说也算个正当的职业，但结果却是一连几天也不会有一个顾客光临，他们依然过着吃了上顿想着到哪里找下顿的生活。

带玉的朋友耗和灵，也没有因支持战争保卫家园而获得先生的红圈圈。整个一明山都显得那么平静，在这样一个乱世大局下，让人难以置信。有的人总会想到太过平静也不是什么好的兆头。总让人感到一丝的不安，但却没有丝毫的东西来证明这种假设。

那天之后，两兄弟就对算卦鬼迷心窍了，他们打出的招牌是：为明山安危而努力算卦。想以此大义之口号招揽人气，但事与愿违，越来越多的人骂他们是伪君子。《卦吧》有言，学通此书者，必能知晓明山的未来。怀着这样一颗虔诚的心，将无往而不胜。

经过无数个夜晚的苦思冥想，终于对《卦吧》小有了解，基本语法已熟练到可以为人算卦，只是他们都是为对方算的，因为没人会愿意把自己的命运交给这两个曾经或许现在和以后都是王八蛋的家伙乱搞。没人会的。就连他们的父亲链爷爷也说他们是垃圾，无论干什么事情。而他们一如既往。

早晨的阳光温柔得要死，微弱的光线均匀地铺撒在物质的表面，用它们那软软的粒子舒服地撞击着地表的一切。这些销魂的身体上的小小水珠正以一个什么样的速度在蒸发？快乐和悲哀甚至死亡总是联系在一起的，没人能够把他们撕扯开来。美好的天气里应该活着一些善良的人。

这天带玉分明清晰地听到了白赤惨烈的叫声。当他爬到白赤精致的笼子边时，白赤安然无恙，却病入膏肓。它用一种突兀的眼神看着带玉，早已泪流满面。好像有千言万语，却因语言的不通只能用这种方式表达一些想要表达的东西。带玉吓坏了，抚摸着白赤那白得几乎透明的羽毛，连声问道发生了什么事。谁会回答?寂静一片。你吓到我了。带玉说。

而就在同一天的早晨，链爷爷家也传来了凄惨的哭声，并非链爷爷出事了镐和钽在为他哭泣，他们也不会这样子的，即使真的会哭，当你用手触摸他们的睫毛时，会发现他们的睫毛干如沙漠里的粒子。

镐和钽几乎在同一个时间占出同一个让人触目惊心的卦：明山在不久之后就会灭亡，所有明山的人都会因这场灾难的降临死光光。他们也曾试图卦出如何灭亡以及灭亡的时间，但终究因为技术的限制只好作罢。于是他们放声大哭。

虽然他们在所有明山人的眼里是坏蛋、无赖、不孝之子，但却不是十恶不赦的奸恶之徒。人之初性本善，既然是个人，他即使再坏，骨子里还是有人性的味道、善良的一面。而反过来，再好的人也会有邪恶败坏的一面。

明山毕竟是两兄弟的家园，虎毒不食子，难道虎毒会食母？两兄弟之于明山的感情自然是有的，而且不会比其他明山人浅显。再恶毒的人看到自己的家园灭亡也会瞬间变得善良，况且这里还包含着自己的性命。镐和钽实在不想看到明山就这样灭掉。

这次的卦，他们是铁定地相信，因为以前两人几乎没有一次契合得如此天衣无缝。他们就在明山宣传灭亡的言论，结果可想而知，被明山长老官以招摇撞骗加制造耸人听闻罪收监。

而据边疆的壮士回报，最近敌方老有大规模的佯攻，似乎在有意试探明山军团的实力，请求是不是要先发制人。而明山长老个个嘴角上扬几十度，浅笑着挥手摇头。腐败！

镐和钽虽在狱中，但仍接着占卦，他们发现这个灭亡日正以直线的速度在逼近，于是每天都大喊着要见明山的长老官，让他们加强戒备。但谁会理他们。他们得到的只是狱卒一顿又一顿的蘸着盐水的鞭打。但两兄弟执著于自己的观点，仍然每天疯狂地嘶叫，狱卒们每天痛苦地承受着。由于狱卒长的申请，在一个只差一天就满月的夜晚，他们被五六个身材肥硕的狱卒乱鞭打死，也是蘸着盐水的那种。

临死前他们共同说了这样一段话：明山灭亡之日我们也是死，不如早死，才不至于看到尸横遍野，血流成河。告诉明山的老老少少，我兄弟俩死得快哉。至少是死在明山人自己的手里。说到这些时，那些打手顿了顿，他们不是可怜他们、想放他们一条生路，而是说了：那你就去死吧。

这一夜，链爷爷听到狱卒上门报告的死讯，过度悲伤，也陪着两个儿子走了，有人看到那天夜里三个类天使飘飘然升天。

这些天白赤叫的声音愈加惨烈了，连水姨听了都会流泪，有时她也会这样想的：难道明山真的要发生什么大事了吗？当然，她只能在心里想。即使像她这样人人敬重的老人，在犯了政治性错误之后，也要受惩处的。这点她比谁都了解。她不是带玉，九十七和九岁之间的差距毕竟很大。

而带玉一直感觉良好地认为：白赤是生了一场怪病，谁也治不好的。这当然不是他想到的，是在无数次追问水姨之后，水姨无奈的回答。他只能伤心，但却无泪。除了伤心他还能干些什么？做一个旁观者，看着自己认为是知己的东西慢慢逝去的痛苦谁会明白？

月圆之前的白天来临，太阳完全露出了，照亮了明山的一切事物。氤氲化为干烈。明山的老老小小各归其位，开始了新一天的轮转，但他们都知道这天的明山中缺少了一样重要的东西,白赤的鸣叫,这是白赤第一次没有正常工作。

正午时分,所有的明山人突然看到天空一股强烈的白光射向地面,灼人眼球。那白光不断向下,最终与地面接轨,在接触的一刹那,又分散成了七色彩光,煞是绚丽夺目。谁都知道那白光接触地面的位置:水姨和带玉住的屋子。

此时全明山响起了炽烈的鸣啼,声音之悲凉甚于杜鹃啼血。歇斯底里,但又是如此熟悉,人们终于知道那是白赤的喊叫。带玉听到之后急忙跑到后院看白赤发生了什么,惨烈地鸣了无数声的白赤终于累死在那只精致的笼子中,那是带玉花了一个下午和整整两天的时间制作的。带玉竟然没流下一滴泪,而水姨却以泪洗面。

这样的事实也证明了这样的真理:长生不老的东西也是会死的。水姨对带玉说白赤是神物,它在人间的时辰已经到了期限,是上天把它招回去了。

月亮完美的时候,明山的老老少少在各家院子中赏月,烛光满户,飞蛾冲天,只是链爷爷家的千年古松下再没有那个善良的老头朝天仰望的身姿。

接下来的时间里,人们突然感觉到大地在剧烈地颤动,强度越来越大,人们的内脏都在超频率地非正常跳动。那颗千年古松轰然倒地。

带玉一个人在城外为白赤精心地做着墓碑,突然的撼动并没有使他措手不及,他继续咬着自己的手指,写着墓碑。他能做的只有用自己身体中的东西为它送行,祈求白赤得以安息,魂灵向上飞,他似乎不太相信水姨的说法。指头的血干了,再次咬烂之前的伤口。如此二三,终于写就了四个血字:白赤之墓。

之后便听到鼓点般的、节奏感极强的震颤人心的声音,那是什么,带玉不安地跑到附近的山庙中向外望去,只见远处一大片黑色,扬起漫天尘沙,一股股怀着恶毒气息的浑浊气浪从那个方向灌入庙内,带玉强忍着不让自己咳嗽出声来。

黑色靠近得异常迅速,带玉终于看清了,那是由无数匹马和无数的人以及人身上的无数黑色兵器组成的黑色空间。而他们显然没发现带玉,匆匆而过。带玉不安的心情急速膨胀,这些来者绝对不善,因为他们都是不速之客。他清晰地记得水姨叮嘱过他:不要随便和陌生人说话。明山来的外人都是邀请的,会贴出告示说明的。

带玉感到事情的严重性,赶紧往回赶,以便告诉明山长老这些不正常的现象,但双脚显然难敌四足,人的耐力与畜生相比差距不是一点。

他刚出庙不几步,就听到了一声寒彻人心的惨叫,地点是前面的深山老林中,那是镒每天打猎的地方，而这个地方除了镒别无他人。带玉由走转为快跑，终于在山林的路口看到了镒。早已身首异处，而且死不瞑目。镒的头离着他的身体几米的距离。应该是那帮坏蛋借助快马的惯力用快刀横着切断的。

带玉也没有流泪，只逗留了一会，然后把镒的两段尸体拖进山林。他迫切地想知道接下来会发生些什么。就在他起步的时候，一声声明山百姓的惨叫接踵而来，每个声音都是不同的音符，带玉明白每个人只有叫一声的权利。

这个时候他终于明白那帮坏蛋想要做什么了，灭亡明山。

在这些叫了一声就会死了的人中间，是否已经包含水姨了？他一边向前，一边竖起耳朵仔细地听辩，当惨叫结束的时候，带玉可以想象到明山现在的模样，但自始至终他没有听到水姨的声音。或许水姨死的时候根本就没来得及叫？哪怕发出一个小小的音符。又或许水姨根本就没死，也和他一样躲在了某个角落。

或许现在明山的长老官和其他的平民会怀念镐和钽两兄弟，为自己看待他们的执著精神后悔莫及，但世上真的没有后悔药。

当他回到明山的时候，看到的和想到的几乎一样，只是多了几十个活着的女人，其中就包括镒的妻子采。带玉不明白为什么偏偏留下她们几个，或许除了他谁都一清二楚。这时一个坏蛋看到了大大方方前来的带玉在看着地上成山的尸体，却是面无表情。还有一小孩，大王是不是要杀。那个坏蛋报告。算了吧，留下。一个应该是大王的人仔细打量了带玉良久之后说道。

带玉走入小木屋，呈现在眼前的是水姨，只是被自己用一根绳子悬在半空。带玉知道水姨死得其所，她不希望自己死在非明山的强盗手中，而自果。带玉依然没有流眼泪，那些占领明山的家伙们感到万分诧异，派人检查他，结果证实，他根本就没有眼泪可流。

在一个满月即将拭去一部分的夜晚，带玉在水井中下了鹤顶红，毒死了所有害毁灭明山的家伙们。

而他，最终选择了流浪。何去何从，只待时间给个明示。**The End**

只属于你的黑暗

文/梵高先生
图/Icefrank

苏小北赤裸着从洗手间里走出来，海藻般的长发湿漉漉地耷拉在两侧突起的蝴蝶骨上，陈旧的木地板上留下了她三十七码的脚印，空气中混杂着暧昧和潮湿的气息。房间的红色窗帘懒散地堆积在落地窗的两边，她娴熟地点燃了一根烟，站在窗边若有似无地想着些什么。对于一个单身的女人来说，这样肆无忌惮地赤身裸体未免有些过于诱惑，对面的公寓有那么多的窗户，至少有一个男人是在窥视她的，可是苏小北是个从骨头里就懒散到了极致的女人，或者说，她还一直活在只属于自己的世界里，外面的纷杂、扰乱、肮脏、美好这一切都与她无关。皮子曾经告诉过苏小北一句话，他说，所有女人都有共同的天性，那就是天真、放荡、决绝。苏小北，应该具备这三点吧。当然，苏小北是个极其敏感的女人。虽然一切都被她隐藏得深深的，她想这是最好的自我保护的方式。

幽暗的房间，电脑里传来张浅潜的声音，这蛇一样的女人总是喜欢牵动人的神经，待机指示的蓝色灯光一下一下地闪烁着，平添了些许妩媚，烟头的火星消失在茶色的水晶烟灰缸里，苏小北觉得有些晕眩，便倦怠地躺到了柔软的大床上，幻觉充斥着她的大脑，一副副画面像老电影胶片一般匆匆掠过：曾经出现过这样一个人，她喜欢叫苏小北外星人，每当她这么喊她，苏小北便盯着她咯咯地笑，像个女巫婆一样地笑，终于有一天，当她不再笑的时候，那个人消失了。

我是苏小北，出生在中国北方的一个小城镇上，这里不靠近大海，空气污浊，随处可见的是生活垃圾以及操持着外地口音的流动人口，像个大马戏团一样。只是我给这个地方起了一个温暖的名字，我叫它幸福小镇，我每天都喜欢站在幸福小镇的一角驻足观望过往的人群，他们的一颦一笑、喜怒哀乐无不牵动着我的神经。我喜欢神经振奋的感觉，可以激动到连眼睛都合不上，只有这样我才感觉到真实。我给自己精心建造了一个王国，我苏小北，就是这里面唯一的公主。

在我四岁的时候，我的母亲去世了，我只是隐约记得她是个长头发的女人，婉约并且柔情。她唯一的一张相片被我放进了一个骨头制的相框里，摆放在床头柜上。每天早晨醒来，我都能看见她，她安详地端坐在一丛月季花中，对着我微笑，看着她的笑容我就觉得很满足，父亲在母亲死后的第二年把另一个女人娶回了家。父亲不在家的时候，继母总是喜欢揪着我的耳朵骂我小婊子，她怎么打我，骂我，我都不哭，我想我是不会哭的。没有母亲的孩子没有理由撒娇。这是邻居们对我的评论。

苏小北在老家的院子里栽种了满园的月季花，她跟奶奶学会了扦插月季的方法，然后在夜里偷光了邻居家的月季花枝。花茎上带着锋利的刺。她要秘密地积攒成堆的花刺，然后放到继母的床单下，这个小女孩，像个可恶的小恶魔，永远都那么不动声色。

苏小北，当我看见你那双空洞的眼睛的时候，我想要你一直留在我的身边。
——韩七

2007年夏天，我二十岁，在一个雨夜，我带着母亲的相片、几件单薄的衣服，对着生活了二十年的小院说了一声再见。或许这一声再见就是再也不见了，不需要寻人启事，不需要伤心，更没有人会报案说他们丢了一个宝贝疙瘩，继母养了一个男孩，那才是他们的骨血。雨水打湿了我的身体，也沐浴了所有。

凤凰，多么可爱的地方，在苏小北的想象里，南方总是那么温暖，置身于一片湖水里的感觉。她租下了一间店铺二层的空房间，房东是个男人，干净、落拓、眉毛浓密、眼睛是深邃的褐色。说话的时候会微笑，苏小北对这样温和的男人会产生本能的好感，只是，她并没有说什么，当他邀请她一起下楼喝杯茶的时候，她婉尔回绝了，坐了十多个小时的火车不免有些累，对着窗台上那一株微微绽开的小茉莉，苏小北陷入了深沉的睡眠，这是前所未有的。

当苏小北从睡梦中醒来的时候，已经是第二天的傍晚了，空气里充斥着饭食的香味以及南方人所特有的打俏软语，她长长地伸了个懒腰，取了脸盆下楼打水，她的脸色略微有些苍白。楼下是四方形的院子，地砖上长出了一些暗绿色的青苔，院子中间有一方水井，井水清冽甘甜，苏小北在装满脸盆之余还掬了一捧尝了一口，舒爽的感觉遍布了全身，这不禁让苏小北感到了此处与幸福小镇的极大区别。房东从店铺后门来到院子里，跟苏小北聊起天来，在闲谈中苏小北得知房东名叫韩七，今年二十八岁，曾经是个摇滚青年，喜欢背着帐篷徒步旅行，但有一天突然决定安定下来，便在凤凰买下了这个靠街的房子，经营了一家银饰店，给来店里的顾客制作他们想要的各种花纹造型的银饰,说起银饰,苏小北不禁喜悦,她是偏爱银饰的人,母亲的遗物里就留下了一枚银质戒指,上面雕刻着莲花的图案,四个花瓣微微开放,像母亲照片里的微笑一样含蓄,温存。聊得兴起,韩七索性叫苏小北一起吃晚饭。苏小北欣然答应了,可以顺便从韩七那里了解一些本地的习俗,毕竟苏小北之前并没有来过凤凰,只是从电视、电脑地图上略微了解一点。

韩七一边用金属质的勺子一口一口吃着眼前的鸡肉饭,一边对苏小北诉说着往事,韩七曾经有一个女朋友,叫默默,他们从十八岁就开始在一起,默默是他们乐队的女主唱,当时韩七负责乐队的贝斯,他们天天在一起弹琴唱歌,一起演出,演出完了就一起喝酒,生活对于每个乐队成员来说都还算是不赖,只是习惯了黑暗生活的他们后来为了刺激神经都染上了毒品,某一天的早上,当韩七在睡梦中习惯性地伸手抚摸旁的默默时,一阵冰凉使他骤然睁开了双眼,默默死了,身体已经没有了余温,死因是吸毒过量。韩七告诉苏小北,他当时并没有哭,因为流不出眼泪。苏小北盯着韩七的眼睛,那里面没有任何内容,他已经不知道如何悲伤了吧。后来韩七不再吸毒,剪掉了标志性的长发,苏小北想,这也许才是韩七来到这里开店的最主要原因。为了忘却,最好的方式就是选择逃避。

韩七的店里缺少一个店员,而苏小北还不熟悉本地的环境,加之两个人彼此有着一样的喜好,在来到凤凰的第三天,苏小北正式成为韩七的小跟班。每天清晨,韩七会跑到苏小北的房间门口轻轻敲几下门喊她起床,然后自己则去店铺里打扫卫生,等苏小北整理完毕,楼下已经被韩七收拾得清清亮亮了。苏小北心里油然而生一种温暖的感觉,韩七真是个好男人。每当有成对的情侣进来要求韩七制作手工银饰的时候,苏小北总是静静地伫立在韩七身后,仔细观察他的每一个动作。先用炙热的火焰将银块融化,当它们变得柔软的时候,用小铁锤子敲击出想要的形状,用刻刀一下下地描绘图案,最后再将其由乌黑洗回耀眼的金属色,细致打磨。韩七专注的神色,不禁让苏小北又心生涟漪,这时候,苏小北会拿出一块深蓝色的格子手帕为韩七拭去额头上的汗水。这样的举动总让顾客们以为他们是一对恩爱的小夫妻。弄得苏小北有些不好意思,她本来生性就有些腼腆。

在苏小北和韩七共处的日子里,无时无处不饱含着明亮的白昼色,这令苏小北都要忘记过去那二十年的阴暗生活了。两个月以后的一天,韩七和苏小北把店铺关上门以后来到一家名叫乔的小酒吧,以前他们也经常来这里坐上一晚上,喝上一壶店主可可亲手煮的摩卡。可可是个北方人,向往安逸生活,来到凤凰两年开了这个酒吧,生意还可以，酒吧里的墙壁是灰色的，窗台上摆放着绿色植物，桌布是红色的凤凰牡丹图案，墙壁上有可可自己画的小油画，不是专业的但却美好。可可和韩七早就认识。当韩七带苏小北第一次来的时候，苏小北便也与可可熟络了，彼此都是温和的人，交往起来并不存在什么障碍。这天可可突然很神秘，并没有送上一壶咖啡，而是拿来一个小包裹递到苏小北手里。这是一个红色的布包裹着的东西，可可示意苏小北打开看看，苏小北小心地解开了红色的疙瘩，里面出现一个木质的盒子，打开来，一只古朴的银质手镯显现在眼前，上面刻的是龙凤的图案。

"苏小北，跟我在一起吧，从我第一眼看见你的时候，就想要留你在我身边，这只镯子曾经是带在默默手上的，现在我想把它交给你。"韩七腼腆地说，他的眼睛里闪烁着光芒。

可可也在一旁鼓励苏小北答应韩七的请求。只是苏小北并没有说话。

白素，在我的噩梦里，是你一直在紧紧握着我的左手。
——苏小北

白素，女摄影师，喜欢画油画，性情沉默且暴躁，阴晴不定，同性恋。老家在幸福小镇，但一直居住在上海，不定期地给一些杂志拍摄照片，神出鬼没的一个女人。如果说这个世界上没有宿命因果的话，苏小北和白素不会相遇，可结果，却总是在宿命之中的。我们谁都逃脱不了。两年前的夏天，当苏小北正忘我地走在幸福小镇的街道上的时候，白素喊住了她，"姑娘，我能给你拍点照片吗？"苏小北盯着眼前这个短头发的女人，高高的鼻梁，性感偏白的唇色，一分钟以后，苏小北跟在了她的身后。苏小北个子并不高，一米六三左右，但身材瘦削，锁骨高耸，那天，她穿的是从柜子里翻出来的母亲遗留下的玫红色连衣裙，上面还散布着樟脑的味道，但这并不影响她的自得其乐。苏小北跟着白素来到了她家，阴暗的走廊，杂物堆满了地板，白素拖掉了脚上的拖鞋，一只手拖着苏小北往房间里面走。地上还有很多没有干涸的油彩颜料，苏小北的脚后跟沾上了一片橘黄色。

白素脱光了苏小北身上的衣服，拿着相机在不同的角度拍摄着照片。随后她们开始做爱，苏小北从未体验过的那种感觉。湿润的，像下过雨的灰色天空。空气里布满了喘息和COCO ROISE。

我总是喜欢任由白素肆意地摆弄我，她温热的气息融化了我身体的冰凉，在那一瞬间，我爱上了白素，而我只是想隐晦地爱着她，随便她继续把我当一件玩具一样玩耍、揉搓,只要静静地注视。白素也喜欢看着我,用她深情的眼眸,我会咯咯地笑个不停,白素说她讨厌我的笑声,像个邪恶的小女巫,其实,白素,你并不知道,我只是对着你笑的,我把积聚了多年的笑声,都赤裸地展现在了你的面前,它们是洪水,即已泛滥便成灾。我开始天天和白素厮混在一起,有时候一天不说话,有时候互相撕扯谩骂,再或者,不停地做爱,获取对方,白素说,苏小北,你真是个贪婪的人,贱到骨子里去了。

苏小北,你是如此绝佳的一件艺术品,像苏妲己一样,生下来就是让人观摩的,看着你,我的神经就像注入了兴奋剂,你是妖精,是我掌上的精灵。

——白素

当我匍匐在苏小北身上的时候,她的骨头总会硌疼我。她的身上有一股毒药的味道。总是能令我一阵阵昏厥。我迷恋上了这个小女人,我不停地用相机记录她,她紧皱着眉头的样子,她自我发笑的样子,她睡觉的样子,她圆润的小乳房,她背对着我睡的脊梁。我不断地在她身上制造大大小小的吻痕,我咬她,掐她,这是我爱她的方式,只是她不叫也不嚷。我陷入了深深的恐惧。爱情对于我就是这样,让我恐惧得想要将自己毁灭。黑天,白昼,苏小北一直在我身旁,我不允许她离开,她还在熟睡,那么美。

苏小北和白素,双双陷入了莫名的亢奋之中,苏小北的眼睛里布满了红血丝,白素则开始不吃不喝,日渐消瘦。窗外下起了大雨,苏小北待在窗前抽烟,白素用双臂环绕着她。她们的心脏是贴合在一起的。电闪雷鸣,苏小北被雷声吓得开始尖叫,白素紧紧地抱住了她。雨水浸湿了地面,浸湿了所有的娇艳欲滴的指甲桃。如果某天,你爱上一个人,你的神经会兴奋得让你无法安静,她们便是如此。

白素,我就像一块破旧的饼干,如果可以,我想安详地死在这一刻。

——苏小北

苏小北拿出积攒了两瓶的安眠药,一瓶给了白素,一瓶留给了自己,音响里放着的旋律是CHARA的MY WAY,她们吞服了各自的那一份,然后静静地抱在了一起。白素,我爱你。苏小北,我也爱你。

And now, the end is near

And so I face the final curtain

当苏小北睁开双眼的时候,她正安静地躺在医院白色的病床上,四周弥漫着浓重的来苏水的味道,她的喉咙有些疼,是洗胃的结果,父亲告诉她,白素已经死了,而罪魁祸首就是苏小北。苏小北从病床上爬了起来,没有搭理任何人,兀自颤抖着回家去了。

苏小北离开了韩七,离开了凤凰,就像当初离开幸福小镇一样干脆,临走前她留下了一封信和那只银手镯一同放在了木质盒子里,塞到了韩七的工作台底下,她相信,他会看见的。

韩七:

原谅我的不辞而别,我是不可以获得爱情的生物,否则会给彼此带来致命的伤害,宿命里让我遇见你,我已心存感激,这些对于我,足矣。再见,我的爱人。我只有一盏灯火,无法给予你五光十色,善待自己,找个善良的女人,这样我才安心。

——苏小北亲笔

当白素离开我的时候,我就知道自己已经结束了对于爱情的使命,在凤凰与韩七的相遇,兴许是上帝为我开启的另一扇窗,但我最终却选择了离开,是的,苏小北是个懦弱的女人,她渴望爱情却又害怕爱情,因为爱情会把人灼伤,因为爱情至死不渝。我只是把自己隐藏了起来,继续着自己的幻觉,这些美好的幻觉,跟苏小北有关,跟白素有关,跟韩七有关,灰尘进不了这里,爱情就可以永垂不朽。

最难的是在海底的时候。

为什么?

因为要找个理由浮上来,而我总是很难找到这个理由。

——The big bule

The End

早安，雏菊

文 /周苗

摄影/Seven

楔子

听弄堂里的老伯伯们说过，雏菊的凋谢预示着下一站幸福的到来。直到很多年后，我的脑中仍常常想起那个黄昏中穿黄色碎花裙的女孩，但我却永远记不起她的名字。

1.

记忆中的苏家弄有一片空旷的大草地，在草地的两端种满了挺拔的香樟树。

每到夏天，从上往下看，翠绿的一大片，直透心底。

到了傍晚放学时，孩子们总会在这片翠绿的海洋里追逐一番，夕阳把他们的影子拉得很长，像极了一部无声的怀旧电影。

舒妍就是在这个时候出现的。

当时的她穿着与其他女孩不同的棉质碎花裙，上面开满了叫不出名的黄色小碎花，她梳着两个松松的大辫子，还有苏家弄所有女孩都比不上的白皙皮肤，但她眼中却透着倔强与淡淡的忧伤，仿佛一尊易碎的玻璃娃娃。

苏漾的妈妈指了指躲在身后的舒妍对他说："从今以后，她就是你妹妹了。"

站在一群孩子身后的苏漾，拍了拍脏兮兮的衣服，什么也没说，傻傻地笑了。

从此，整个苏家弄的孩子都知道，苏漾多了个城里来的妹妹，但舒妍却并没有叫过他哥哥。

晚饭的时候，妈妈特意杀了家里养了两年的鸡。看着香喷喷的鸡肉，苏漾只是咽了咽口水，闭着眼睛扒完了碗里的白饭。

让舒妍和苏漾去上学，那是爸爸的决定。

苏漾开心了一晚上，但他不知道的是，妈妈叹了一夜的气，而爸爸却一夜未归。

第二天，当苏漾领着舒妍去学校时，所有的同学都露出了惊羡的神色，而他总是骄傲地抬起头说,这是我妹妹。

摩擦是下午放学时发生的。

苏漾清楚地看见陈小四在经过舒妍旁边时,故意把她撞在了课桌上,课本散落了一地,而他却当做什么也没看见。

"你撞到我妹妹了——"苏漾生气地叫住他。

陈小四挑衅地看着他,不屑地说:"你还真把她当妹妹了,我妈说她是别人不要的孩子,是个赔钱货——"

在舒妍的尖叫中,苏漾的拳头准确地挥向陈小四的脸。

那是苏漾第一次打架,为了一个叫舒妍的女孩。

很多年后,舒妍回想起那天时,心里很温暖。

对于苏漾来说,七岁以前的生活是平静而快乐的。直到八岁那年,妈妈领着穿着黄色碎花裙的舒妍来找他时,他居然开心得说不出话来,因为舒妍是他从小到大见过的最漂亮的女孩。

所以,当老师上课讲到"美人"一词时,他不由得想到了舒妍,在他的潜意识里,美人就应该长得像舒妍那样,穿着棉质的黄色碎花裙,有着长长的头发。

第一次测验考试后,身边的同学都不觉地多看了舒妍几眼。

这个像洋娃娃一样可爱的小公主,居然所有功课都拿了第一,这是苏年小学的一个奇迹,也是整个苏家弄的一个奇迹。

"苏漾——"

"嗯?"

"你说……"舒妍歪着头看苏漾,"你说,我们能考上同一所初中吗?"

"当然了。"苏漾握了握她冰凉的小手,"我们是不会分开的。"

舒妍一脸认真地看着他,欣慰地笑了。

2.

转眼间,夏天又来了。草地旁的香樟仿佛一夜间冒了出来一般,带动着孩子们的热情,迎接夏天的到来。

苏家弄离省城有六小时的车程,每天来往的车辆少之又少,所以,对于苏家弄的孩子来说,六小时以外的世界就像课文中的"天堂"一样美好。

舒妍从很远的弄堂口取来了录取通知书,几乎是一口气跑回去的。

黄色的碎花裙像一只花蝴蝶一样飘荡在草地上，阳光仿佛母亲温暖的手掌，那么亲、那么柔，微风吹起裙角，定格成一幅极美的画面。

舒妍奔跑在香樟树下，脸上是掩不住的幸福。她第一次发现，原来从弄堂口到家里的路有那么长。

"苏漾，你看——"

一瞬间，仿佛时间都静止了，就像艳阳天里突然出现乌云，把所有的阳光都遮掉了。

眼前只有妈妈的哭喊声，以及苏漾通红的眼睛。

手中的通知书无力地滑了下去，像两朵凋谢了的白玫瑰。

上面清楚地写着：

苏漾，市一中。

舒妍，市一中。

爸爸下葬的那天，整个弄堂里的人都来了。

妈妈满脸憔悴，凌乱的头发遮住了脸，她傻傻地看着眼前和自己生活了几十年的男人，如今毫无生气地躺在那里，她似乎早已忘记了该怎样哭泣。

苏漾跪在一旁，静静地看着早已哭成泪人的舒妍。他不停地告诉自己，一定要坚强。

虽然如此，但他仍忍不住颤抖，心像被撕碎了般疼痛。

自己叫了十几年"爸爸"的那个人，为给自己的孩子挣学费而运货到省外，在回程的途中，和迎面而来的大卡车相撞。

车身几乎粉碎。

那天的阳光太过耀眼，让人忍不住地想流泪。如果难过是一种考验，那悲伤又算得了什么呢？

两星期后。

正好是立秋的日子，但天气还是很热。弄堂里的孩子还是喜欢在傍晚去香樟树下的草地玩耍，一切似乎都没有改变。

坐在床边的那对夫妇很年轻。此刻，他们正怜爱地看着舒妍。

苏漾回来时，正好看到他们要拉走挣扎的舒妍，他毫不犹豫地冲了上去。

"苏漾——"

妈妈突然叫住了他，她不忍地把头转向窗外："以我们家现在的情况，只够养活一个孩子。"

"那你就不要舒妍了？"苏漾眼中充满不解。

那对年轻夫妇微微叹了口气："你放心，从今以后，我们就是舒妍的爸爸妈妈了，我们会给她最好的环境，会好好照顾她的。"他们蹲下身，坚定地说着。

慢慢地，苏漾一直紧握的手，无力地松开。

就这样，他看着舒妍离他越来越远。

也就是那天，苏漾知道了舒妍裙子上的碎花叫做雏菊。同时，他也明白了，无论是雏菊还是舒妍，她们终究不属于苏家弄，所以，她们都要离开。

3.

记忆里留下的不止是感动，更多的是一种欣慰，时间带走的不仅仅是伤痛，连带着儿时的欢笑。

舒妍走出校门的时候，有一个男生拦住了他。他戴着一个白色的鸭舌帽，脸上有着慵懒而不屑的笑。

"莫舒妍，你心真狠，我已经在这站了一个月了，你就没有一点感动？"他有点恼怒地问。

舒妍侧过脸看着他微微皱起的眉："顾子安，你到底想怎么样？"

"怎么样？"他嘴角带着一丝坏笑，"我想你很清楚我想怎么样。"

她愣了愣，并不打算理他，而是径直从他身旁走开。

顾子安在身后叫道："我是认真的，莫舒妍——"

她转过身，他仍站在原地傻傻地看向她，舒妍友好地笑了笑："谢谢你的喜欢，我很感动，但是我不喜欢你，所以，以后别在我身上浪费时间了，好吗？如果你能答应的话，我想我们还是能成为好朋友的。"

"好朋友？"他轻挑了一下眉，沉默了片刻，然后慢慢向舒妍走来。

"我从不和女生做好朋友，而且更不想做你的普通朋友，你先不要急着拒绝我，总有一天你会接受我的。"他眼中充满坚定。

说完他便转过身，留给舒妍一个落寞的背影。

一瞬间，她想到了他。

太阳渐渐西落，拉长了一个又一个身影，乌鸦有些招摇地从头顶飞过。

苏漾蹲在篮球场另一旁抽着烟，手背上还留着两天前和外校学生打架时留下的

早安，雏菊

伤，他不屑地看着一旁的顾可儿。

"你烦不烦，一天到晚地跟着我！"他恼怒地对她吼道。

顾可儿咬着唇，有些委屈地说："我只是不放心你的伤。"

"死不了！"他一下子站了起来，用脚踩灭了地上的烟头，无比厌恶地看着她。

"你又不是我什么人，凭什么管我？请你以后离我远点。"

看着顾可儿哭着跑远后，站在一旁的安泽叼着烟轻笑道："看不出来，你小子这么讨女生喜欢啊！"

苏漾随手点起一根烟，不屑地看着远方。

夕阳慢慢下沉，烟雾缭绕中，谁也没有注意到他眼中的寂寞。

在苏漾的记忆中，从没见过舒妍那么哀伤的神情。他永远不会忘记，在年轻夫妇拉走她时，她眼中充满了痛苦与不舍。

但自己一直被妈妈握着的手，却始终没有勇气挣开。

他记得妈妈无比伤心地说："除了你，我一无所有了。"

至少，舒妍还会有疼爱她的爸爸妈妈，不是吗？

自从那天之后，苏漾再也没有笑过，他只是不停地寻找，寻找那个草地上的女孩，寻找那条飞舞的碎花裙，还有，那个等待女孩的男孩。

但，一切都已经回不去了。

4.

从那天之后，顾子安再也没有出现在校门口，舒妍的生活又恢复了往日的平静。只是，常常半夜醒来，怎么也睡不着，脑中浮现的总是在苏家弄的那段日子，那个充满香樟气息的夏天，和那个会保护自己的男孩。现在的爸爸妈妈对自己很好，所以，她始终没有勇气提出再回一次苏家弄的想法。

她常常会翻出被自己珍藏在箱底的那条碎花连衣裙，看到它，总能想起很多事，抚摸着上面已经褪色的黄色小雏菊，舒妍的心里久久不能平静。

苏漾，你在哪？我真的很想你。

"苏漾，快走——"安泽一边跑一边回头叫道。

看着地上已经伤痕累累的人，不远处又传来了脚步声，苏漾连忙起身，向巷口奔去。

夜已经很深了，舒妍睡不着就下楼走了走，刚刚明明听见打斗声了，她好奇地向里面张望着，整个巷子黑漆漆的，什么也看不见。

"莫舒妍？"一个很熟悉的声音从里面传来，顾子安满脸伤痕地从巷内走出来，"这么晚了，你一个女孩子出来不安全，快点回去！"他捂着胸口挣扎着向前走。

看着他摇摇晃晃的背影，舒妍想了想，还是不放心地跟了上去，扶住了他："你家住哪啊？要不我送你回去吧！"

他转过头，看了看她，眼中透着一丝奇异的光芒："还是第一次有女生要送我回家呢！"他故意把整个身体的重量都靠在了舒妍身上。

舒妍向后躲了躲，顾子安故意大叫起来："我都受了这么重的伤了，你就不能有点怜悯心！"

舒妍扶着他，努力让自己能直起身子来，"我知道，可你怎么这么重啊？"她的长发不经意间扫过他的脸，一种很清淡的花香。

"你很喜欢雏菊吗？"

"你怎么知道？"她惊讶地看着他。

他浅笑道："因为我妈生前就是开花店的。"他忽然有些黯然，"我爸很早的时候就扔下我和我妈，然后和一个很有钱的女人跑了，所以，我从小就是在花丛里长大的，每种花的味道我都很清楚。"他眼中透着淡淡的悲伤。

"没事的，一切都过去了，不是吗？"舒妍微笑地看着他，"从现在开始，你要每天都过得很幸福，把过去所有的不愉快都用幸福来弥补，只有这样，天上的妈妈才不会担心你。"

她的微笑就像有魔力一般，顾子安深情地看着她，深情地，仿佛什么东西被融化了一般。

"谢谢。"他微微站直，摆脱舒妍的扶持，"我没事，还是第一次有女生让我感动。"

"你的伤？"

"骗你的啦！"他展开手臂在舒妍面前转了几圈，"像你这么笨，很容易被人骗的！"

舒妍生气地瞪着他的背影。

顾——子——安。

5.

安泽眯着眼睛看着蹲在一旁发呆的苏漾，"你最近怎么了，是不是有什么事？"

他看着操场上来来往往的人，沉默了很久。

"帮我找个人吧!"

黄昏的校园是最美的,快秋天了,空气中渐渐透着一丝微凉。

舒妍每天都会收到一束雏菊,一朵朵黄色的小花瓣,很像天上的星星,而此刻,这些星星就在自己手中。

"我想,这些花十有八九就是顾子安送的。"小米看着舒妍,坚定地猜道。

舒妍摇摇头:"不会的,我问过他,他并不知道这件事。"

小米轻轻推了她一下,"你真笨,看得出来他很喜欢你,可你却总拒绝他,如果他承认花是他自己送的,你一定也会拒绝,所以,他就只好当做什么都不知道了。"

真的吗?真的是他?舒妍疑惑地想着。其实他也并不是很让人讨厌,而且对自己也很好,不是吗?难道这些雏菊真的是他送的?

走出校门时,并没看见顾子安,不知道为什么,舒妍居然有一丝失落感。

一连三天都没有再见到他了,但雏菊照样有人会送来。

这几天,她总会情不自禁地想起他,想起他脸上慵懒而不屑的笑,想起他眼中的坚定与温柔,想起他孤傲而落寞的背影,想起他……

舒妍懊恼地坐起身。夜已经很深了,但她却怎么也睡不着。呆呆地看着空旷的大街。

突然一个想法闪到脑中。

披上外衣,舒妍小心翼翼地下了楼。楼下,一个熟悉的身影出现在眼前。

一瞬间,仿佛时间静止了,有那么几秒,她连呼吸也忘了。脑中闪过很多画面。苏家弄的草地,夏天的香樟,飞舞的碎花裙,还有,那个等待女孩的男孩。

"苏漾?"舒妍哽咽了,泪水顺着脸颊滑落了下来。

月光下,男孩静静地微笑着,眼中充满了温柔。

"苏漾?我……我好想你!"舒妍一下子紧紧地抱住了他,迟迟不愿松手,"我真的好想好想你!"

他轻轻地将她额前的发梢理到耳后,"只要看到你好好的,我就放心了!"

舒妍注意到了他的手背,上面都是青紫色淤痕,她一下子拉起了他的衣袖,触目惊心的伤痕刺痛了她的眼睛,她不可置信地拉起另一只胳膊,同样都是伤痕累累。

"怎么会这样?这——"

"没关系,这点小伤不算什么的。"他稍稍将手往后移了移,努力掩饰着什么。

"这些年你都是过的怎样的生活?是不是有人欺负你?你告诉我啊!"舒妍心痛地看着那些伤痕。

"你不要再问了。"他转过身,想避开她的询问。

"苏漾——"

"我说了,你不要再问了!"他猛地回过头,眼中透着挣扎,"舒妍,我们终究不是一个世界的人,"他轻轻叹了口气,"你永远都是那个穿着长裙的公主,而我也永远只是那个苏家弄出来的野孩子。"

她茫然地咬着唇,坚定地看着他,"不管怎么样,你都是舒妍的哥哥。"

他冷笑一声,"哥哥?如果可以选择,我根本不想当你哥哥。"

舒妍面无血色地看着他离开。

不远处,一个落寞的身影看向这里,随即消失在了夜色中。

6.

一早,刚到校门口,就被一个身影挡住了。

"莫舒妍——"

抬起头,看到的是顾子安慵懒的坏笑,舒妍并没有太多的喜悦,相反,心中突然有些愤怒,也许一切只是自己的幻想罢了,自己在他心中根本什么都不是,要不然他也不会总无端消失。

"对不起,请让一下!"她面无表情地说。

"喂,你生气了?是不是怪我这些天没来找你啊?"他挡在她前面,低下头想解释。

"对不起，我真的很忙，请让一下！"舒妍使出全身的力气仍推不动他，"你究竟想怎么样？"她只好生气地瞪着他。

"为什么你每次都会问我想怎么样？为什么你都不愿意听我解释？难道就真的这么讨厌我吗？"他挡在前面，有些愤怒地问她。

"我们只是朋友而已，你去哪里我根本管不着，你也不需要向我汇报和解释。"舒妍赌气地往旁边走。

"我们真的只是朋友而已吗？"他仍没有让开的意思。

"当然。"

"就因为苏漾吗？"

她惊讶地抬起头，"你怎么认识他的？"

"果然是他。"他幽幽地说着，"就因为他，你蹲在街旁哭了一夜，就因为他，你讨厌我，对吗？"他眼中充满无尽的忧伤。

"不是。"舒妍很诧异，努力地想解释，"其实……"

"你不用说了！"他径直走到她身旁，"放心，以后我再也不会来烦你了，很抱歉，这些日子给你带来了困扰。"说完他头也不回地往前走。

这一次，他连一个落寞的背影也没留给她。

舒妍在家整整病了三天。

她真的没想到事情会演变成这样，这些天她想到了很多如果。

如果她和苏漾一直留在苏家弄该多好！如果没有遇见顾子安，自己也不会那么痛苦了。但如果终究只是如果，永远无法变成现实。

而现实就是：在舒妍离开苏家弄第四年，也就在苏漾考上省城高中的那一年，妈妈就因病去世了，从此，他就开始自甘堕落，生活也变得浑浑噩噩。

而现实就是：在舒妍抱住苏漾痛哭的那一晚，顾子安落寞地站在他们身后。

而现实就是：顾子安不会不认得苏漾，因为他唯一的妹妹——顾可儿，最喜欢的人就是苏漾，为了他，顾可儿哭过很多次，为此，他们曾动过手，就是舒妍在巷口遇见受伤的顾子安那一晚。

所以，现实是很残酷的，是无数个如果也无法挽回的，就像很多事情注定了，就不能改变一样，唯一能做的，就是静静等待它的结局。

7.

三天后。

"舒妍,又有你的花哦!还有一封信呢!"一进教室门,小米就兴奋地叫住了她。

依然是淡黄色的雏菊,中间还夹着一个白色的信封。

她疑惑着打开信。

莫舒妍,这几天我终于想通了,原来,你真的不喜欢我。很多事情是勉强不来的。看得出来,你真的很喜欢苏漾,要不然,你也不会为他流那么多眼泪。我决定走了,爸爸一直希望我能去法国找他,前一段时间,他就想带我走,我一直没同意,因为我放不下一个人。你说过,只有我幸福地过每一天,天上的妈妈才不会担心,我以为你就是我的幸福,所以,在好不容易说服爸爸离开之后,我真的很开心。但后来,我发现我错了,错得很离谱。现在,我决定放开你,你可以去追寻你的幸福了,不用为我担心,也不要觉得愧疚,因为我也会很幸福的。知道你很喜欢雏菊,我已经委托过我的朋友了,以后你每天仍会收到一束雏菊,就算是我送你最后的礼物吧!最后,莫舒妍,答应我,一定要幸福!因为你是我的幸福,只有你幸福,我才能幸福,所以,答应我,好吗?

顾子安

舒妍颤抖着合上信,不顾同学们的惊讶,一下子跑了出去。

顾子安,你不能走,你要是走了,我怎么能幸福,是我误会你了,我以为你不是认真的,我以为你根本不在乎我,所以才会故意离开好多天,错的人是我。我喜欢苏漾,但只是妹妹喜欢哥哥而已,我忘不了苏家弄,忘不了他对我的好,但那并不是爱情。顾子安,你不要走,一定要等我,一定。

舒妍从没发现自己原来会这么舍不得一个人,此刻,她脑中全是他的身影,她拼命地向前跑着。顾子安,你一定要等我。

刚走出校门,就有一帮人挡住了她的路。

"你是莫舒妍?"一个红头发的男生昂着头说。

舒妍几乎带着哭腔道:"我现在有很重要的事,请你们让一让,好吗?"

"少废话,有人出钱让我们收拾你。"忽然,红头发的男生一巴掌抡了过来。

舒妍也不躲闪,只是无奈地闭上眼,过了好久,什么也没有发生。

再次睁开眼时,看到的却是苏漾狠狠向他们撞去的身影。"你快点走,别管我——"

舒妍都快急哭了，怎么办？谁能告诉我到底该怎么办？

"走啊！他们是顾可儿找来的，不会伤到我的——"

苏漾虽然这么说，但舒妍还是清楚地看到，他渐渐被他们包围。

咬了咬牙，她转身向机场方向跑去。对不起了，苏漾。

看着舒妍渐渐跑远的身影，他终于坚持不住，重重地倒了下去。

机场的一头，一个很帅气的男孩，傻傻地看着来往的人群，像是在期待着什么。

顾子安，我来了，等我，一定要等我——

8.

两年后。

苏漾回到了苏家弄。

又是夏天，熟悉的大草地，亲切的香樟，一切都没变，只是感觉少了些什么，但也不知道到底少了什么。

一个长发女孩，穿着粉色的连衣裙，看着不远处的苏漾，甜甜地笑着。

"可儿——"他招了招手，向她跑去，"你为什么不穿黄色的碎花裙呢？"

顾可儿愣了愣，随即又笑道："只要你喜欢，我穿什么都可以。"

他温柔地拂了拂她的长发，"不，你穿什么我都喜欢。"

草地上，微风吹起长发，空气中充满了幸福的味道。

至少还有一对是幸福的，虽然这很自私，但为了他，即使是自私，也无所谓。只要现在的我们很幸福就够了。

顾可儿轻轻地靠在了苏漾肩上，享受着此刻的幸福。

9.

苏漾失忆了。

当被打成重伤的苏漾被送进医院抢救过后，医生便很抱歉地告诉顾可儿这个消息。

其实，那帮想要教训舒妍的人，的确是她找来的，她不能理解的是，无论是苏漾或自己的哥哥最终喜欢的人为什么都是舒妍。

但她没想到，会是这样的结局。

那天，舒妍在去机场的路上，由于太着急，在过马路时，完全没有注意到一辆汽车疾速驶来。

在那一瞬间，舒妍转过身，看到的是汽车刺眼的灯光，脑中闪过了很多画面，但画面中都是顾子安慵懒的坏笑，就那么一刹那，一切都变黑了？

10.
温暖的阳光，穿过了鹅黄色的窗纱，直接照了进来。
白色的桌上，并列放着一盆盆细心呵护的雏菊。
窗纱被一点点地拉开，阳光很快照在了雏菊上，像一颗颗闪亮的小星星。
一个长发女孩安静地坐在桌前，努力地感受着这一切。阳光拂过她的脸颊，轻柔而舒适，她脸上带着恬静而满足的微笑。
"妍妍，你的花又送来了——"一个短发中年女人轻轻走了进来。"妈。"舒妍连忙起身，张开双臂慢慢向前摸索着，缓缓地移动着脚步。
"你坐着别动。"短发女人立马走了过来。
她将怀中的一大束鲜艳的雏菊送到了舒妍手中，视线移到桌上一排排的花盆上，他微微叹了口气，"也不知道是谁，都两年了，每天都会送一束雏菊过来，还真是有心。"
舒妍听了，只是静静地笑着，直到听到门响的声音，她才知道妈妈已经出去了。
对啊，都两年了，真的好快。
记得两年前的那场车祸，让舒妍在医院里躺了差不多一年，她以为自己会一直那么躺着，但偏偏她又清醒了，清醒在了一片黑暗之中。由于脑部受到了严重撞击，脑中产生淤血，压迫到了视网膜，所以，她失明了。而且，恢复的几率很小。
她并不悲伤，也不难过，她总是一个人静静地微笑，静静地"看"桌上的雏菊，她要很幸福地活下去。
因为，曾经有一个男孩说过，她就是他的幸福，只有她幸福，他才会幸福，所以，她会很幸福地活下去。

结局
听弄堂里的老伯伯们说过，雏菊的凋谢预示着下一站幸福的到来。直到很多年后，苏漾的脑中仍常常想起那个黄昏中穿黄色碎花裙的女孩，但他却永远记不起她的的名字。 The End

迟到了半个夏天
的告白

文 /陶子
摄影/脚印

迟到了半个夏天的告白

（一）

跟季末到达清镇的时候已经是凌晨三点。一个不知道是太早还是太晚的时间。

季末是我的男朋友，热爱明朝历史和新奇的旅行。对于命运怀有深刻的敬畏与自卑，同时并不反对外来希望的侵略。

我们在无人的大街上行走，抱着侥幸的心理希望还有一家旅馆开着门。结果越往前走道路越黑，直至终于连路灯都没有了。季末停下来说，要不回头从另一条路走吧。我说，再往前走十分钟，不行就回去。季末同意了。他永远看不出来我折中的意见背后那些固执的坚持。

我并不是在抱怨什么。他是个善良而温柔的人。况且现在是我们在完成毕业后结婚之前的最后一次旅行。从我们相识以来，每个假期，都会一起去陌生的地方。回来以后，对于人生的不开心事，都会看开许多。然后，更加珍惜幸福以及更加幸福。

这也是我所相信的。

最后终于找到了一家西风瘦马客栈，还有一间单人间。老板是个二十多岁的年轻人。个子很高，说着一口绕口的普通话。我们遇见他的时候，他正在客栈的楼梯墙壁上，画着几米的漫画。在那些回旋的方向里，画满了悲伤的错过。他嘴里叼着一根烟，不太用心地抽着。身上全是釉彩。但是，我依然能够感觉到他身上散发出的，像季末那样干净温和的气息。

我非常欣喜在自己陌生的旅途中能偶遇这样特殊又美好的人。

如果你们真的打算在这里住，我要提醒你们，二楼是酒吧，晚上会吵。你们，不介意吗？这个叫做木子的男孩认真地看着我们说。

我和季末彼此对望了一眼，他早已看穿我的心思，没好气地盯我一眼。我冲他笑笑。

没事，这个房间我们要了。季末连忙回过头来，跟着老板上楼时仍旧不忘回头给我一个白眼。跟着老板上楼。西风瘦马客栈超出我期待的干净。木质的地板上面摆着木质的床。旁边是用木头做的柜子和茶杯。还有一个用竹篾编制的竹椅。如果不是数码电视机，我一定会错以为自己来到了70年代的农家小院。季末也很满意地付了定金。我们这里的歌手唱歌很好听的，晚上有空的话，你们也可以下楼来玩玩，喝喝啤酒听下音乐其实很舒服的。老板离开时说。

呵呵，好的，麻烦你了。季末笑应。

几乎在车上颠簸了两天三夜，全身的骨架已经快要散掉，木子一走我就躺了下去。柔软的被子和温暖的床，那一刻十分知足。眯着眼睛看季末仔仔细细检查背包。动作温柔而细致。这个可爱的人。我先去洗澡了哦。他拉上背包的拉链站起来对我说。我连忙闭紧了眼睛。卫生间的门被带上，我听到里面开始有了声响。

季末。我喊。

没有人回应。

季末。提高了声音。

什么事。季末关掉了喷头。

没事，我只是想要确定你在不在。

这么想我啊，那你要不要进来检查一下。季末在卫生间里哈哈坏笑。

我一时羞愧万分。转而又笑。这样的问题我问了季末很多次。但是每次季末都好脾气又耐心地回应，每一次，都用各种温柔好笑的话语来让我有安全感。季末在我身边呢。这样清醒的认识让我有一瞬间甚至幻觉我们像是回到了自己家。我们已经是相爱多年的夫妻。有着共同的家，住在一个不算大的屋子里，装满了彼此共度一生的意念和巨大满足。和他在一起那么久了，但是总是一个小小的接近于无的事情都会引发出幸福的感觉。

浅笑自己的敏感，掀开窗帘，外面是白色的夜晚。苍白而淡漠的像是曾经的季末。没有一丝色彩，不带一些温暖。又像曾经的自己，惶惶然不知所措，心境荒凉而单薄，守着一些无处安身的爱恋度过悠长的青春年华。那样的日子，已经过去多久了呢。

（二）

那时候的季末，成绩不好，却那么骄傲。不和人作多余的交谈，每天背着黑色的背包与一个个生命中的过客完成一次次干脆的擦身而过，面容荡不开一丝涟漪。他从来不打篮球，足球队的球衣也不曾穿过。每当有打完球汗涔涔的男生从身边经过，他总是会微微皱起眉头，温婉干净的仿佛浣溪沙的女子。后来，我这样告诉季末时，他一脸不可思议的笑。

那时我喜欢季末。但是他不知道。

那天，我从左边经过，他自右边赶来。太过匆忙的脚步让我们不可避免地撞到了一起。他连声说了三个不好意思，然后将我扶起来，最后落荒而逃。留下我在他身后打量他孤单桀骜的背影。在这些影响心跳的凝视里，一整个漫长的夏天飘然而逝。我在阳光渐渐收缩的回归线里，将暗恋一条道走到了黑。直至黎明的再次到来。

我也不知道在我艰苦卓绝地暗恋着季末的时候，季末也在我不知道的某个时间，悄悄爱上了我。于是在夏天终于结束的时候，他站在我面前理直气壮地说，陶子，我们在一起吧。我想我这一辈子都不会忘记，那天的季末，身后排满了绚烂夺目的光线。它们匆忙慌张地匍匐过来，倒了一地。季末微微紧握的双拳，渗出细密的汗水。反射出季末眼中温柔的光。照亮了一整个世界。给这个快要结束的黑白夏天一记浓重的绿色点缀。梦里洁白而温和的少年，如今他站在我触手可及的地方。白光透过泛黄的叶尖，覆盖在他温暖的脸上。我听到了时间在指尖轻舞漫步的声响，中间清晰地夹杂着他错失节奏的呼吸。

于是现在我们在一起，并且，从不分离。将那些因为任性和虚荣所错过的时间酣畅淋漓地加以弥补。我曾经很懊恼这样的浪费，但是后来我明白了，如果不是当初彼此的小心和注意，怎么会有现在天衣无缝的默契？我们从开始在一起，每次在外面吃东西，他都嘱咐别人不要给我加辣椒和醋，买给我的冰激凌永远是我最爱的草莓口味，情人节的时候会买许多的糖果而不会送苦涩的巧克力，偷偷买的情侣装是160的尺寸。而我也不会买碳酸饮料给他喝，不会反问你明白吗，不会给他买除了黑白颜色之外的衣服，不会让他照大头贴。就像这次旅行，我们也是异口同声地选择了这个无名的小镇。

时间一晃，我们在一起已经三年了。时光已经过去了那么久，久到已经快要忘记三年之前季末冷漠桀骜的样子。

（三）

卫生间的门打开，季末拿着毛巾在头上不经心地擦，说，去洗吧，我好了。

我伸了个懒腰，说，太累了，不想动。季末用毛巾打了我一下，故作凶狠地说，快去洗，不然我把你给丢出去。我挣扎着去了卫生间，没想到水一淋下来就舒服得不想出来了。等到洗完时，季末已经睡着了。哎，亏自己在听到是单人间的时候还无限遐想了好半天。我轻轻躺到季末旁边，看着他如孩童般纯真的睡容，心里觉得格外温暖。天色逐渐明亮，不知不觉睡了过去，梦里有无数的花儿盛开，吐出清凉的芳香。

醒来的时候，阳光拖着尾巴已经准备离开，季末在卫生间刷牙。他满嘴的泡沫，挥舞着牙刷，慌乱地跟镜子里的我打招呼，起来了？样子滑稽又可爱。

吃完饭天已经快黑了，我们回到客栈。老板木子正往柜台上码着各种酒。伙计们也在准备着晚上要用的物件。所有人都是恬淡平静的样子。跟自己想象中的华丽虚浮的酒吧感觉很不相同。在这个离开霓虹灯和柏油路的山水之地唱歌，是什么样的感觉呢？我站在门口胡思乱想。

西风瘦马是临江的吊脚楼，又是住在最高层，因此可以将清镇这个小城一览无余，我们打算先计划好想要去的几个地方再出发。季末跟我一样，不喜欢盲目地走马观花。旅行不是流行的虚妄，而是我们想要抵达另外一个世界的渴望和决心。站在阳台上，我和季末俯视着底下渐渐亮起灯光的小镇，有一搭没一搭地说着话。楼下的酒吧已经有了鼓和吉他的试音声。热闹又安静。

季末。

嗯？

季末。

怎么了？

没事，我只是想要确定你在不在。

我还以为你喜欢我说嗯的时候翘起来的白胡子。季末摸了摸下巴。

少来你。我转过头去看酒吧下面的小镇。青砖灰瓦，水清山绿。那些寂静的山峦、那些孤单的流水、那些失落的花儿，现在，真到达眼前了呢。我在想，季末，如果，最高的山、最低的谷、最清澈的河流、最渺远的远方，我们都一一到达了，那么以后，我们都将无所畏惧了吧。

楼下歌手的音乐响起，是首奇怪的英文歌曲。那是一个什么样的女孩呢，声线美妙，音若天籁。

（四）

晚上快要降临的时候，我跟季末出去沿着穿镇而过的河流散步。没想到回来时，水木酒吧里面已经灯光璀璨一片。坐满了人，看来这个酒吧的老板人缘不错，第一天

开张就有了这么多的顾客。我对季末说。

我们正打算上楼，听得里面的木子说，非常感谢大家今天这么热烈地捧场，接下来就请出我们的主唱歌手——林晓溪。

我好奇，一看，好漂亮的女孩啊。我尖叫着让季末看。那个台上的女孩，穿着短短的T恤和牛仔短裤。身上配着简单的彩珠挂饰，纤细高挑的个子，孤决直挺地站在舞台上，整个人笼罩在灯光里，抱着一把大吉他，万分骄傲地俯视着台下。靓丽得像是星空掉下来的星星。我从来不知道，会在这个宁静的小镇，遇见这样一个美丽的女孩。音乐将其宠溺得仿佛不食人间烟火。下午的歌手，是她吧。

季末也伸头看，笑着看过去，表情忽然僵硬在脸上。愣住了。

台上的林晓溪正环视着台下，看见了站在门口的我们，也愣住了。

主持人推了晓溪一下，她没有动，却跳下台，径直向我们走来。我感觉到季末牵着我的手在微微发抖。他们，认识？我一时陷入迷乱。

你怎么在这？他们异口同声。

你们认识吗？我依旧撑着笑容问。季末的表情，是我从未见过的慌乱。我不知道自己在担心什么。

年少时的记忆，迅疾又漫长，过去不可重来，而来者却可回见。

季末的记忆——

我跟晓溪是从小一起长大的。彼此的父母是很好的朋友。她的父母都是医生，家境优越。我们两家比邻。爸妈因为常年在外面工作，因此，晓溪的父母非常好心地让我在他们家吃住，同时也希望我能够在他们上班的时候陪着晓溪。因此晓溪从小跟我就很要好，我们一起上学，一起回家，一起做作业，连课余报的兴趣班也是一样。直到升入初中，我跟晓溪才分开班级，我又是住在学生宿舍，平时也很少有时间在一起，就分开了。

初三的时候，因为学校有固定的熄灯时间不方便复习，我就搬出了学生宿舍，住在了外面。晓溪的爸妈也因为担心晓溪成绩不稳，所以也让晓溪搬出来跟我合租那栋房子。当时的晓溪，已经十三岁。当我再次见到她时，被她吓了一跳，那个稚嫩的小女孩，现在已经是亭亭玉立了。

原来时间已经走了那么远，只是因为我忘记了参照。我们又开始了小时候的生活，每天我叫她起床，她等我放学回家。晚上一起讨论功课，回忆很多小时候的事。我很惊讶，晓溪不再是那个唯唯诺诺瘦瘦小小需要我来保护的小女孩。她自己洗衣服，做饭，打扫自己的房间。熬夜学习的时候，她会喝掉一整杯咖啡。不小心碰破手指头，她会一声不吭地自己给自己贴创可贴。刮风了，她知道给自己加一件毛衣，天晴了，她知道抱出自己的棉被出来晒。

晓溪变成一只独立的鸟。我们合租在一起，搞不清楚到底是谁在照顾谁了。有时候坐在自己的课桌前，我看着从晓溪房间里折射出来的灯光，那么坚毅而朴素地亮着，心里为她叹息，为她心疼。

有一天，房子突然断电，当时我正从楼梯上往下走，猛地被丢尽黑暗，不禁有些慌张。站在楼梯上一时没了主意，不知道是往回走，还是走下去，结果愣愣地站在楼梯上一动不动。过了一会，楼梯口有烛光点燃，晓溪举着蜡烛走上来。她说，哥，没事，停电而已。当时我站在楼梯上，俯视着她，她从黑暗中一步步向我靠近。举着的蜡烛缓慢又坚定。房子静谧得如同十八世纪的欧洲壁画。有着生动的色彩却又不那么喧闹。而这个举着蜡烛的小女孩，她坚强勇敢的淡然，让我几乎感动到落泪。当她走到我面前时，我才看见那些因为晃动而滴出来的蜡油在她手指上结成的乳白色的固体。

我心疼不已，问，怎么那么傻，都不说一声？

她冲我微笑，没事，不疼。然后小心地扶着我走下来。

黑暗的夜里，她嘴角那一抹微笑，让我看到了这个孱弱的身体里那些庞大的毅力和决心，点亮了那个失去光明的夜晚，让手足无措的我不忍直视。

那段时光，是我们度过的最为清晰也最明亮的时光。我们清楚地知道友情，我们明确地定义彼此。那段空缺的两年，在我们的念念不忘和不断提起里，渐渐被修缮出了完整的轮廓。也比以前多了些温暖。

陶子，我必须承认，当时的我，是喜欢她的。喜欢她解不开那道函数集合时焦躁地敲自己的小脑袋，喜欢她每次吃东西都像饿了几天几夜一般地风卷落叶，喜欢她无聊的时候会捏捏自己的耳垂。曾经，我以为自己会抱着这样单纯明亮的喜欢然后跟她永远在一起。

中考的前一个月，我跟晓溪的月考成绩都有了很大的提高。于是我们很开心地买了一些饮料庆祝。那晚，晓溪很兴奋。她高声地唱歌。美丽得像是一朵云。那也是我第一次听到晓溪唱歌。累积了冲破黑幕一般的力量。我从来不知道，晓溪柔弱瘦小的身体里会蕴藏着这么巨大的能量。那些动听的歌声，甚至引来了许多同学前来聆听。可是谁知道，我们回去以后，晓溪就开始呕吐，发烧。我慌不择路，背着晓溪就往医务室跑。那天我背着晓溪，走过一片片黑漆漆的树影，踩过一块块坚硬的石头，我一直往前跑，不停地跑。但是却不断地走错路。

那晚的月光那么惨淡，一整个完整的圆月却看不清一点光。枝丫交错的草木如同魅影，走过去的时候会听见寒冷入侵的脚步声。我越来越慌张，越来越不知所措。晓溪一开始还能够苦笑着安慰我，不要着急，哥，你别担心，我没事。但是当我站在关闭的医务室门口时，才发现晓溪已经晕了过去。我终于给晓溪的父母打了电话，将她送到医院。晓溪的父母慌乱地呼喊。在那些伤心欲绝的声音里，我猜得到，自己送迟了。幸亏晓溪的父母都是医生，平时在医院的人缘很好，大家都连夜起来为她诊治，晓溪终于从鬼门关捡回一条命，但是，发烧转为急性肺炎。

我后来才知道，那些饮料都过期了。晓溪本来就有胃病，中考之前又消瘦了许多，整个人都虚脱了下去，最后，没有能够参加中考。

饮料是我买的。晓溪并没有告诉她的家人。晓溪后来去了别的中学复读，听说因为那次生病落下病根，她没有再读下去。我也离开了。

（五）

我站在床前，拼凑着这个在季末口中戛然而止的故事。我知道，如果两个人在一起数十年的时光，到了最后，只是因为一场意外就能够画上终止符，那么，人世间的情与爱，不是太轻浮了吗？

那些隐藏在岁月罅隙里的爱，那些没有来得及说出的心绪，那些两个人一起经历的无数个漫长的夏天和急促的冬日，那些一起经过的树一起仰望过的花儿，怎么可能，只是因为一个苍白的结局就真的走到了尽头？季末，你是在欺骗我，还是在隐瞒你自己呢？

门外响起敲门声，我想，晓溪等待这场相遇，并不比我的暗恋短暂。我开了门。

进来吧。我能够感觉到自己已经快要失控的呼吸。那颗用纤维和血液包裹的心脏，在被刻意隐瞒的过去面前，分崩离析。

谢谢。晓溪看着我眼神复杂。一时两人对视良久。

这个女孩，这个季末年少时曾经爱慕的女孩。当初，在阔别两年之后，季末，实际上，你已经心动了吧。孩童时的美好回忆，是我们割舍不掉的蓝天白云。即使越来越邈远，却依旧触手可及。

我推门出去。留给两个人一片空间。

从房间里出来，我浑浑噩噩地往楼下走，整个人仿佛被悬挂在了半空。那些几米的漫画，正在掉叶子。我蹲在楼梯口慢慢地哭了出来。

季末，季末，你还在吗？

这里刚开张，你就坐在门口哭，我生意还要不要做啊。木子叼着画笔面无表情。

被人发现自己在哭感觉十分丢脸，我狼狈地擦掉眼泪忙说，不好意思不好意思不好意思。木子一愣，又笑了，原来这个世界上除了林晓溪，还有第二个喜欢把不好意思讲三遍的笨蛋啊。

我缓缓站起来。恍惚记起那年夏初。我与季末擦肩而过，他说了三个不好意思，我低头看见他脸上认真而慌张的表情，带着秋天落叶般的婉约、失落与怅然，那是一颗心被掏空的最初。

季末，原来你只是在模仿，从未超越。

木子走过来，将哭得筋疲力尽的我扶到配果间躺下。今晚的演出还好吧。我一想起因为我们让林晓溪没有能够唱歌，心里十分抱歉。没事，晓溪的粉丝十分坚固的，不用你瞎担心。木子递给我一杯清水。

晓溪？你们很熟悉吗？我听得出来木子口里叫晓溪名字时甜腻的宠溺。

不关你的事。你休息吧。我还有事，走了。木子面无表情地站起来就走。我连再见都没有来得及跟他说。

林晓溪从楼上走下来的时候，木子刚好从外面回来。还没有等我上去询问什么，木子就拉着她走掉了。那么明显的保护姿态，像极了那个在下雨天为我挡掉因为奔驰而过的车子激荡起的污水的，季末。

我站在酒吧门口，听见了风吹过骨髓的呼啸声。

我回头找季末。他坐在房间的角落里，仰望着窗外的天空。一动不动。我缓缓走过去，生怕惊动他，却知道必须去惊动那早已沉睡的记忆。

季末。

没有回应。

季末。我望着他，眼眶再次被泪水浸没。

嗯？他回过头来看我。

你，你们，怎么样了？

季末转过脸去，陶子，我现在什么都不想说，让我一个人静静好吗？

我沉默地低下头，走了出去。关上门之前，仍旧没有看见季末想要挽留的冲动。终于心灰意冷走了下来。

（六）

　　我找了另外一家旅店住了下来，季末没有来找我，我也没有再去找他。我不知道自己是在害怕会失去他，还是在等待他放弃她。无论是哪一种情绪，最终主宰这场爱情戏的，不会是我。相爱，从来就不是公平的事情。

　　每天一个人背着包在这个小镇来来回回地走，走过将要离开的人群，走过来此的游客，走过一个个凸起的跳岩，走过一条条青石板铺成的小巷。我去天后宫看失掉灵气的屋檐，去沱江上泛舟游看这座寂静的小城。独自爬上了一座只容得下两人的万仞山峰，抖抖索索地走过一条空中索道。

　　我并不是不害怕，只是当我变得有胆量失去，我就不再畏惧。于是我跟木子和晓溪开始成为朋友。他们都是不会惧怕失去的人。

　　晓溪经常去酒吧演唱。木子总是跟随。他并不会跟晓溪有过多亲密的交谈。大多数的时候两个人只是静静地看着同一片风景，脸上出现同样的表情，有一些无法用语言来描述的时候，两个人就相视一笑，遇到了有些对晓溪不客气的听众时即使木子背对着晓溪在跟他人聊天他依旧能够给予晓溪力量……

　　我问木子，晓溪是不是你的女朋友。

　　木子笑而不答。

　　林晓溪有干净的指甲，并且很短。她说指甲是死亡的，不知道疼痛，指甲油只是给予它们一个华丽的葬礼而已。

　　她的衣服简单，总是T恤搭配牛仔裤。T恤上没有另类图案。牛仔裤也没有洞。她热爱自己的耳垂，以至于连耳洞也不曾去打。跟自己在清镇里遇见的那些邋遢又任性的流浪歌手完全不同。简单得像一杯清水。

　　晓溪最闪亮的时候就是站在台上。她抱着自己的吉他，似乎看见又似乎看不见一般地望着人群。然后扫一下自己的弦，不带一点炫耀的认真。有时候坐在椅子上微微眯起眼，有时候兴奋地跳起来，有时候张狂，有时候安静，只是一举一动总能牵扯着每一个听众。我能够想象得到，四年前的晓溪，站在操场上，散发着怎样耀眼夺目的光，以至于季末至今不能忘。

　　晓溪无论出去唱歌还是跟朋友庆功，虽然总是不施粉黛，却像一股清澈的溪流一般，温润人心，然后成为众人有意无意瞩目的焦点。

　　天下雨的时候，晓溪会来我的旅馆睡觉。我一般都在外面走来走去，每每回来时总能见到晓溪安静地躺在床上，被子踢在地下，好不容易叫醒她后，总是大呼睡得好饱，这个床明天我要跟它继续预约，满足得像是一只猫。

如果哪晚不太赶场，晓溪会陪我在客栈的阳台看一颗一颗挂出来的星星。有时候我们交谈，有时候什么都不说。

不过大多数白天，我都是自己一个人慌乱地在小城里四处乱闯，带着我的心事和我的无知。后来，我学会以最便宜的价格买下自己喜欢的工艺品，我学会在别人推销的时候仔细地记下价位以防上当，我随时带着自己的钱包和相机。从来不接受别人的帮忙。

在离开季末的日子，我开始独立。就像曾经的林晓溪。我不知道，当有一天，我与季末再次相遇，当他看见我在他不知道的地方，变成他无从想象的样子，他是否会感慨，是否，会像心疼林晓溪那样，心疼我呢。

（七）

两个月后，我离开季末，已经走过了半个夏天。我在清镇的一间民居里拍那些石凳和水车。这间民居十分古朴，我被门上那些精巧的雕刻吸引，一路拍照进去。在清镇里待久了，我知道这里热情善良的人非常欢迎外地游客到他们家拍照甚至借宿，因此，并不介意地往里闯。

没想到这里曾有许多游客来过。过了院子，里面大厅的柱子上贴满了便利贴。我饶有兴致地一张张看过去。直到站在一个署名为季末的便利贴面前。

我从来不问你，你会去哪里。反正，我一直都在。

拿着相机，我的心像被针扎了一般鲜明地痛了起来。我想起季末的脸，想起我走的那天，他抬着看向天空的脸。

我用相机拍下那张便利贴。然后轻轻关上了门。回到自己的客栈。晓溪在睡觉。我坐在地上，然后打开相机看着自己拍下的便利贴，一动不动，直到晓溪醒来。她看着我，也陪着我坐到了地上。她从我手里拿过相机，头靠在我肩膀上跟我讲话。

开始跟我讲述了她的记忆。

记忆还没有开始之前，季末就是合理地存在于我生命里的人。

我们一起经历了许多年月，门前的那棵小树叶子掉了好几回，又长出新的嫩芽。春天的花瓣夹在书中还散发着香味，秋天却到了。夏天的知了还在耳边没完没了地叫，他已经穿着厚厚的羽绒服哆哆嗦嗦地推门进来。

那时候，是很依赖他的。不喜欢一个人吃饭，于是两个人用一个碗吃饭，米饭中间画一条线，一人吃一半。他总是先吃完，巴巴地等我吃完了再盛第二碗。放学的时候，他左手提着我的书包，右手提着我，走得很慢很慢，我们却不怕天黑或者迷路，谁也不想加快脚步。有时候被人欺负，他打不过，就会扔小石头，后来，他就在口袋里放许多小石头，随身带着，重重地把裤子往下拉得垮垮的，他就提着裤子走路。

初中的时候，没有分到一个班，不知道会怎么办。怎么跟爸妈哭都不肯给我换到跟他一个班。因为没有人能够依靠，也把失去他的日子想得格外悲惨，于是，就分外拼命学会独立。学做饭，学洗衣，学整理房间。认识了新的人，知道要关心别人，像他一样，然后有了新的朋友。

就是在这样的情绪里遇见了木子。他做我的同桌。我考试考得不好，他就偷偷拿出自己揉起来的卷子红着脸说你看其实我只考了两分。轮到我做值日他就把自己的垃圾全转在口袋里带到教室外面去扔。渐渐在那样说不清道不明的关心里，学会了勇敢。木子也是个坚强的人呢。

等到初三的时候，爸妈突然告诉我，你要不也搬到外面住吧，季末也在呢。

手里的笔差点就没握住。

再次见到他，一眼就看见了他眼睛里的惊讶。努力想要找到一点喜悦的成分，却分外艰难。他已经不是那个保护我的大哥哥了。我也不是那个他一松手我就忍不住哭的小女孩。

清楚地知道自己是个初三的学生，为着未知的未来赌上全部的人生，不顾一切，破釜沉舟，以求背水一战的胜利。希望遍布在血液里以透明的姿态苟且偷生，绝望则是奢侈的食物，我和木子把它当成冰激凌一般细细咀嚼。

让阿拉伯数字控制悲喜，让每天都充满血腥的意义。每天煎熬着，奋斗着，坚忍着，自我虐待着。同时有意无意地忽视着自身存在的真正意义。

那天月考完，其实是终于已经决定好了放弃中考。季末太善良，绝对不会想到那些饮料是我自己想要喝下去的。我想要走另外一条路，一直没有决心，只是因为放不下季末。

那晚，唱歌给他听，其实是说不出口的再见。站在琥珀色的月光下仔细地记住他开心又幸福的样子。他丰满了我整个苍白的青春，而在即将告别时，我感觉却十分惬意。他背着我慌乱无措地到处找医生时，我躺在季末的背上，开始堕入梦境。梦里面，云朵变迁，山水缠绵。有莲花像传说一般穿越千年的时间开满了我的视野。那是幸福的感觉。

洗胃的时候，疼痛让我睁开了眼睛，看见了他心疼又自责的眼神，但是，却什么都不能对他说。那里，是我心脏最柔软的地方。我害怕他受伤。于是干脆就狠着心仔细地去体会身体里每一丝疼痛，直到再次晕过去。辍学的那天，木子也跟着来了。要陪着我去很多地方唱歌。怎么推都不走，倔强的像极了父母眼里怎么拉都不肯回头的我。

当流浪歌手的日子真的很辛苦。有时候没有地方睡，就躺在天桥底下凑合一夜，有时候是在城墙下。实在难受时会想起他心疼的眼神，会格外安心，也并不害怕。木子总说他比我幸运，我喜欢的人自己只能想一想，而他却能看得见，因此很满足。我不知道这是不是命中的冤孽。看不见的，是不是代表已经失去了，而看得见的，是不是就不会消失呢？

后来遇见了很多事，很多人。多到渐渐想不起他清澈的眼神装满心疼的样子。等到有了固定的地方和有保障的薪水，才主动联系了父母，小心翼翼询问他的情况。一直在外面漂泊，虽然已经不会轻易让某种情绪来掌控自己一天的悲喜，但是遇到某个起风的天气，还是会淡淡地想想他现在过得怎样，在做什么，睡着了，还是在面对着一道新的难题彻夜无眠？是否会想起我，又是否会忘记我？

你们进了客栈的那一天，木子没有告诉我，只是说晚上让我去他的酒吧唱歌。猛然我看见他，心里一时感触万千。

原以为心里有很多话要讲的，我们坐在房间里什么都说不出来。我语无伦次地告诉他自己离开的原因，他越来越沉默。一开始还会问"然后？""为什么？"后来就一

句话都不说了。

然后我就离开了。

晓溪终于讲完了这些话。坐得太久,她的腿开始发麻,她轻轻地捶着腿,也不曾说要站起来,只是一直把玩着手里的相机。我原本以为自己会有很多事情想要问晓溪,但是当她这样主动告诉我时,却一句话都说不出。我站起来,倒在了床上。

七月拖着尾巴就要离开的时候,晓溪来跟我告别。她将要去别的地方唱歌。她说,在一个地方待得太久,会觉得自己的生命也开始停滞了。木子一言不发地在旁边帮她收拾行李。

陶子,你也跟我们一起走吧。晓溪看着我。眼睛里全是不舍。来来往往的人群不断地将我们撞到一起又挤开。皮箱的轮子在地下滚动,发出沉重的呼喊。车站,新的列车在黑色的音响里再一次宣告着离开。

我低下头,她明白了。晓溪将我的手握紧了一下,说,那,你保重。走了几步又回来。

陶子,其实季末是安稳而平静的人。他很善良,不懂得反驳,更不知道辩解。你要好好照顾他。

我抬起头,晓溪冲我一笑。转身离开。渐行渐远,直到与木子的身影化为一体,消失。

我叹息一声,不知道自己到底是在坚持着什么。难道再多走十分钟,就会有不一样的天地吗?这么久了,我还是放不下,执拗呢。

转过身,一个身影站在我面前。

季末?

在。他大步走过来,一把将我拉入怀中。

季末……

我不是红杏,我是院子,怎么出得了墙?拥抱的力量不断加大。

这个迟到了半个夏天的爱情,终于完整地降临了。 **The End**

1.

陆峰是一个给恐怖悬疑杂志写稿的职业写手。

用时髦话说叫自由撰稿人。

陆峰在行内小有名气,其作品往往以诡异、违背常理见长,缜密的逻辑推理、大胆的想象力,让他拥有了固定读者群。作为一个职业撰稿人,名气往往很重要,有时候作品稍微残次一些,靠着脸熟也能上稿。

陆峰就靠自己作品的生活,收入颇丰,优哉游哉地做了一个宅民。

每天早上睡到自然醒,然后翻开自己的素材本,在大脑里稍微整理一个颇有创意的题材,做到心中有数,下笔如游龙走凤,一蹴而就。写作的时候,如饮美酒,酣畅淋漓,千里江陵一日还。

可是这段时间以来,他却不得不靠方便面度日,生活质量直线下降,每天蓬头垢面。原因很简单,写不出来了。

作为一个写手,最要命的就是没有感觉写不出来,提起笔来满篇都是废话,自己看了都揪鼻子。为了生活,陆峰无奈,只能把自己定义为垃圾的新稿子传给杂志编辑看。杂志编辑陈明是陆峰的责任编辑,两人因为工作关系,已经很熟了。但熟归熟,在工作上,陈明眼里是不容沙子的。他看过稿子后,对陆峰说:"老陆,你别怪我说话无情,这样的废稿,别说主编了,就连我这关都过不去,你还是再琢磨琢磨吧。"

陆峰感觉恍若落进一个无比怪异的奥比勒斯圈,越写越写不出来,越写不出来就越硬着头皮写。在荒无人烟的大漠独自跋涉,以为自己走出去的时候,却发现又回到了起始点。

他感觉自己快疯了。

2.

在这种情况下,陆峰想到了自己的好朋友——心理医生黄飞虎。一个很怪的名字。

黄飞虎在自己的办公室里热情地招待了他，并详细询问了情况。

陆峰也不隐瞒，把自己所面临的困境一五一十都跟他说了。

黄飞虎斟酌了一下，说："老陆，你不就是想写出恐怖小说来吗？"

陆峰有气无力地点点头。

"我倒是有个办法。"黄飞虎颇为自信地笑笑。

陆峰眼睛发亮了："你快说说。"

"濒死幻境，你听说过没有？"黄飞虎问。

陆峰想了一下，说："是不是说人临死以前看到的景象？我倒是读过一些相关资料。有的人说临死前看见白光，有的人说看见穿白衣服的天使，后来考证就是医生和护士。呵呵，反正我持怀疑态度，感觉有点扯淡。"

黄飞虎神秘地摇摇头："濒死幻境确实存在！世人所理解的有很多偏差。人濒死的感觉不是很舒服的，相反是相当痛苦，人在快死的那一刻，脑子里浮现出来的绝对不是天使，而是极端恐怖的情景，把这种情景定义为地狱也不为过。你想想，现在大多恐怖小说都是写手闭门造车胡编乱造出来的，当你把濒死幻境给真真切切地描写出来，那这小说是多么有震撼力啊！"

陆峰一下怔住了，半晌才咽下口水说："你的意思是让我死一把，才能写出来？"

黄飞虎嘿嘿怪笑："那倒不至于。我有个法子，能让你处于一种假死状态，不但无碍于你的生命，而且能真实体验濒死幻境。"

"快说！快告诉我！我火了以后，请你吃大餐。"

3.

黄飞虎的法子说起来一点也不复杂。那就是睡觉的时候用被蒙着头，同时用手压着胸口。

许多试验都证明，处于睡眠状态，以手压胸，呼吸不畅，都能导致人做噩梦。在太古时期，原始人就认为人的睡眠其实是一种死亡，这也就是所谓的假死状态。

陆峰讨来了法子，很是兴奋，当天夜里就如法炮制。

果然做了一宿噩梦，可遗憾的是，那种幻境那种感觉，当陆峰睁开眼的时候，都灰飞烟灭，他什么都想不起来。如同一个童年时不起眼的回忆，有这么回事，但模模糊糊，连不成篇。

他咬着指甲,陷入沉思,怎么能有一个办法,能把做的梦原原本本记忆下来,不至于睁眼就忘。

陆峰突然想起件事来,大概在几个月前,自己跟朋友打麻将,码长城到了后半夜,等上床睡觉的时候突然失眠了,翻来覆去睡不着,勉强睡着了,做的梦又特别浅,在脑海里清清楚楚,当时醒来以后还自言自语,很精彩的一个梦。

他脑子里慢慢有了思路,自己有个特殊的生理习性,每当超过午夜十二点睡觉,必然失眠,就算勉强睡着,睡眠也是特别浅。如果自己合理利用这个生物钟,那就能清楚地记下自己做的梦了!

想到了就做。这天晚上,陆峰又是看书又是玩游戏一直熬到下半夜一点。这才躺下,拿厚厚的大被蒙住头,只留下一个鼻子在外面。双手紧紧压住心脏部位。只感觉难受极了。大脑极度疲乏,可又睡不着,拼命数着山羊,数完山羊数大树,也不知什么时候迷迷糊糊地睡着了。

黑暗中,陆峰陡然坐起,满头大汗淋漓,脸色苍白如纸。他点开台灯,看看闹钟,下半夜四点。刚才的三个小时里,他做了一个极端恐怖的噩梦,能吓人的那种。他自诩不是一个胆小的人,尤其这些年写恐怖小说,见的多了想的多了,几近麻木。可刚才那个噩梦还真是把自己给吓坏了,现在想起来身体还抖若筛糠。

定了定神,他翻身下床打开电脑,开了文档,稍加迟疑,手指在键盘上噼啪作响,五千字的长稿,一口气完成,如有神助。

写完的时候,天色大亮,他从冰箱里取出冰镇啤酒,边看稿边痛痛快快地畅饮。

4.

QQ头像闪动,陆峰点开看,是杂志编辑陈明。

陈明上来就是一个"'表情':老陆,这稿是你原创的吗?"

"废话!"陆峰回道。

"老陆,真没看出来,你水平精进到如此境界!你这小说可真吓坏我了。我昨天是一直拖到晚上才看的,本来漫不经心,可是一下就陷入你的恐怖世界里。看完了,我都不敢上厕所了!"

"嘿嘿。"陆峰心里别提多得意了。

陈明说:"我马上就传给主编了。刚才主编说,这期就用你的稿子,封面推荐,头版头条,我相信你这小说完全有资格进入恐怖排行榜前三。"

恐怖排行榜,是数家杂志联合搞的一个恐怖写手大擂台,名次完全是读者投票评选，一个季度评一次，榜首的状元，将有一份丰厚的大礼包，并邀请免费海南三日游。

陆峰洋洋得意："这个第一我拿定了！"

一个月后，本季度的恐怖排行榜排出，陆峰第一时间买了杂志，仔细查阅。一看，不禁大为恼怒，自己这篇名为《有机体》的巅峰之作居然排名第二，排名第一的是个叫什么劳什子庄子衣写的《完美病毒》。

陆峰破口大骂里面是不是有黑幕。他耐着性子，在网上搜到《完美病毒》，还配有作者照片。仔细一阅读，不禁呆了，这篇小说论文字论情节确实高自己一等，而且骨子里透出的那种感觉极度阴冷，堪称变态。

这种感觉，陆峰极为熟悉，就是来自濒死体验！

他一下陷入沉思，难道这个叫庄子衣的人，也是靠濒死体验来写小说？陆峰自有一股要强的性格，他暗暗下决心，既然自己掌握这个秘术，就一定要做第一！

5.

黄飞虎看到陆峰又来求助自己，很是诧异，说道："老陆，我看了你的《有机体》，相当不错！如果我来投票，这篇小说一定是本年度最佳恐怖短篇。"

陆峰摇摇头："还不够分量！我来求助你，有没有比睡觉压胸口更厉害的招数？"

黄飞虎深吸一口气，点点头："你想好了？"

"想好了。你就说吧。"

黄飞虎沉默半晌，这才开口："那就是一定要去死一次！"

陆峰似乎早已预料到这个结果，显得很镇定："具体说说。"

黄飞虎说："这次你一定要去死，真真切切地体会濒死体验。为了能完整记录濒死的幻境，你必须把死的过程延长。"

"请解释。"

"这个意思很简单。有两种方法可以做到。第一是溺水，第二是上吊。这两种死法都是极端痛苦，而且死的过程比较而言会很长。"

陆峰斟酌一下："还是上吊好。"

黄飞虎说："为了安全第一，你在上吊的时候，一定要再找一个人在场。在你快要休克死亡的前一刻，把你救下。"

陆峰看看他："就你了。黄兄，帮帮我。"

黄飞虎说："你听我说完。这种濒死体验，很有可能会出现和睡眠一样的结果，就是当你被救下时，临死前所看到的幻境都会瞬间忘记，什么都没记下来。这种效果，据我考察，几乎是无法避免的。所以你要想办法在临死前把这种感觉给传递出去！"

陆峰觉得匪夷所思到了极点，浑身不由自主地冒凉气。

"第六感你知道吧？"黄飞虎自问自答，"所谓第六感强的人，是说这个人的感知相当强大。每个人在思考问题的时候，都会发射出强大的脑电流。而感知强的人，就能捕捉这种电流的变化和频率。他能快速察觉危险，最厉害的都能感知对方在想什么。我就认识这么一个人，他的感知相当强大，非常厉害，甚至能猜出预先藏在盒子里的数字。我让他来帮你，在你进入濒死幻境时，你所看到的幻象和感觉，他都会感知到。救下你以后，再让他给你重新复盘。感知传递的具体过程我说不清，其中的道理也很深，但你要相信这个世界上确实有这样的奇人存在。"

"他叫什么名字？"陆峰好奇地问。

黄飞虎脸上表情十分严肃："你可以管他叫F。"

6.

F确实是个怪人。穿着厚厚的风衣，戴着皮手套，脸上挂着黑色的口罩，甚至鞋子上都套着塑料袋。

陆峰把他请进家里，又是递烟又是送水，十分殷勤，可不嘛，一会儿自己的小命就攥在人家手心里。

F一概拒绝，甚至坐都不坐，一张口瓮声瓮气："你就不用麻烦了，陆先生。黄飞虎把你的情况在邮件里都说得很清楚，我们还是直奔主题的好。大家的时间都很宝贵。"

陆峰好奇地问："邮件？"

F呵呵笑道："不好意思，我是个标准的宅男，如果我不愿意，是不会和任何人有什么接触的。我和黄飞虎神交已久，但也只是靠邮件往来。"

陆峰暗笑，看你个怪里怪气的样子，跟套中人差不多。为了谨慎起见，他又把自己的想法说了一遍，最后指着早已准备好的挂在房梁上的绳套说："那就拜托了。"

陆峰之所以敢对这个陌生人性命相托，是他看到F的这双眼，坚定有神，又淡然若水，给人一种极度的安全感。

关键时候到了，他深吸一口气，爬上了凳子，慢慢把头套在绳子里。F目不转睛

地看着他,陆峰心想,自己一定是疯了。他定了定神,忽地一脚踹翻了凳子,整个人顿时就挂在空中。绳子越勒越紧,呼吸十分困难,眼前金花乱冒。就在这时,他的眼前出现了一幕幕活动的画面,就跟上映电影一般,每个人每件事都清晰可见,玲珑剔透。整个过程很玄妙,看似很长,有情节有人物,其实很短,不过几秒。不过这就足够了,陆峰心中大喜,就凭这段濒死幻境,我绝对能问鼎恐怖排行榜,成为国内最有实力的写手!

他在空中手舞足蹈地对着F比画,可是F表现很怪异,他全神贯注地盯着陆峰的双眼,浑身微微颤抖。陆峰拼命做着手势,让他把自己放下来,只看F不急不忙,慢慢摘

濒死幻境

下脸上的口罩,露出一张非常清秀又异常苍白的脸,脸上的表情很兴奋,嘴角挂着诡异的微笑。

陆峰临死前在喉咙里始终有三个字没吐出来——庄子衣。

F看着挂在空中的陆峰的尸体,深吸一口气,浑身如泡了热水澡一样,懒洋洋地那么舒服。他笑笑:"你的濒死幻境很有趣,我都感知到了,谢谢你提供给我这么好的素材。" The End

隐忍的曼陀罗

文/冰一
摄影/罗小粉

1.

航班0819嘈杂的起飞声,在与音乐交叠的瞬间,打破所有的寂寞和安然。

八月晚风,剪破夜的沉重。我低下头,试图搜寻昨日的懵懂。一些零星的片段,瞬间闪现,又转眼逝去。空气里还有微薄的气息,记忆在我心里形成明媚澄澈的风,不遗余力,吹散遗留在心里的感动。

我带了厚重的衣服,那在我心里形成一保护层,去抵御呼伦贝尔夜晚的寒冷。

初秋从来都是匿藏着庞大的悲伤和离别汹涌而至。
永远无法轻描淡写地掠过记忆。
苍白如我,无法将内心的执念全盘托出。
只能凭借时空的变幻,让溶解在柔波里的碎碎念,以我们忽略着的速度奔涌向前。

风那么大。溯游过耳郭的弧度。溶进眼眸的深暗色彩中。
你的清澈,我的笑容,在灵魂迸发的时刻如出一辙。
寂静的这一刻,自身的存在感忽明忽灭。
那场旅行,只是想拾捡起藤蔓在过去时光里的丝络。

2.

时间停滞,断壁残垣的时刻被无限延长。久违了的。片刻宁静。
头发在固执地生长着,长到有一天可以串起那些丝缠蔓绕的过往。
以及一些散落天涯的记忆。那样我就可以安心地挣脱一场荒芜的记忆。

梦碎过,无法连成最初天真的形状。

隐忍的曼陀罗

我碎过，我又拼起最初懵懂的模样。

我用声音抗拒忧伤。
却最终跌落在那段比现实还要忧伤的音乐里。无法自拔。
于是干脆，整理划破的痕迹，去静默，坠落到底般怅然。

我喜欢安静地坐在窗前，手心摇曳着飘摇不定的光点。
被辗转的记忆，全部放进潘多拉的盒子里。待到沉淀之后，没有人知道发生过什么，又将变成什么。
旅途，或许是心境，是游走不同时空的流连驻足。
无法企及的被称作光年的东西，也不过是一声微弱而漫长的叹息。

3.
雨一直下个不停。整个城市都变得潮湿而斑驳。
躲在阴霾处冀望阳光,远不如站在阳光下来得真实而动人。
只是。时间过了那么久。记忆也会一路走远吗?

视线穿过星空落进苍穹,黑色的夜和绝望的泪,无限延伸。
横过来就是一个无限遥远的未来。

我独自站在偌大的山顶上看青蓝的天空。觉得有些空寂。
很多时候我会想,如果按图索骥地走,我们是否就能在命运转角处碰头。
篝火燃起的时候,我停止了这样的思考。试图收起我的满腹忧伤。
被拉进人群的瞬间,我涌在那个盛大的明明灭灭里,将所有的沁凉——融化。

时间还是这样伟大地,将所有的纠结与固执,夷为平地。

4.
拥挤的人群,曲折的路线。
当我们好不容易站在彼此面前。美好的声音再次划过耳郭。
天终于放晴,那个千回百折的温度让我在记忆的轨迹上走走停停。
叠层的落叶,飘散了庙宇的香火。
但我们,依旧虔诚地祈祷。只为,在彼此的内心深处,你的流连,我的挂念。

梦里的梵音。弥漫整个上空。在音乐停顿的一瞬,阴霾一扫而空,在纷乱的脚本里画上一个完整的休止符。
于是你的笑,你的影像,你的声线,你的记忆,在微弱的镜头里永远定格。
只用了一瞬间。而那一瞬间,却是用尽了一世的眷恋。

漫长的岁月尽头,彼此守候着一种深深浅浅的生生世世,唇齿相依。勇敢让你知道。
在通向曼陀罗跌宕起伏的路途中,有过此生最倔强,最坚强,也是仅有的一次,漂亮的坚持。 **The End**

一望无际·年华

文　/渣子龙
摄影/单点

　　生活是流动的风，而我却被定格，世界从我眼前滑落，我只是个过客。喜欢独自行走在城市中间，熟悉的和陌生的人之间，还有自己的心里面。让破碎的残阳，散落在自己的肩膀，坐在锈迹斑斑的站台边，听列车碾过铁轨的声响。喜欢一个人，站在旧房子里，对着脏冷的镜子，不停地笑，不停地傻笑……回忆的长河里，我赤着双脚走过，将明媚的或哀伤的石子，丢在里面，站在岸边，欣赏那些泛起的，一圈圈的，涟漪……

　　不知道从什么时候，开始喜欢缅怀这些逝去的风景。也许是自己平静了太久，也许是心湖已经干涸了太久吧。总感觉记忆里的那些日子，都是充满了阳光，回味起来，就像喝一杯热咖啡，整个人暖暖的。就像现在这样，一个人的午后，一张民谣

CD，一杯热饮，一支旧钢笔，混合在一起，一同缅怀那些破碎的、灿烂的迷惘与欣喜。

1.

明媚而温柔的光线，一个人的画室，忽然一个声音，对我说"一起听音乐吧"，我茫然抬头，在阳光的交集里，我看见一张干净的笑脸。那时，我似乎忘记了窗外的冬天。

已经说不清是因为摇滚才认识猴子，还是因为猴子才喜欢摇滚的。总之，和他在一起的日子，天永远是那么蓝。

我常给他讲我的年少，我的日记，还有那个且远且近的梦中女孩。他总是看着我的眼睛，默默地聆听。然后叹一口气，带着忧伤的神情，说："渣子，以后不要这样了，丢掉过去，我们还有摇滚。"

其实，我一直都不知道，我们说的摇滚是什么。生活，似乎就是一切，我和猴子，只是天底下两个最单纯的、睁着一双茫然的大眼睛的孩子。我们常常因为一首歌，不明所以地哭泣，常常因为一个暧昧的风景，停留很久。我常问猴子，我们将来还能像现在这样吗？他总是说，只要相信，就可以吧。其实，我们心里都明白，现实才是理想的初衷，无论谁都会身不由己地改变，我们唯一能做的，就是不要忘记。

2.

认识小齐，是上个世纪的事了，上个世纪末，我很孤单。那些日子，我们都喜欢顾城和海子的诗，我们把顾城的诗写在教室后面的墙上。

"我要做一个任性的孩子，我要在大地上画满窗子，让所有习惯黑暗的眼睛，都习惯光明。"

很久以后，当我提起时，他告诉我，那些日子，他也是最孤独的。我永远忘不了，那年冬天，他哭着来找我，说他父母就要分开了，他不知道该去哪。我不知怎么安慰，只好陪他不停地喝酒。他问我，将来，许多年后的今天，我们还能这样坐在一起喝酒吗？这样的问题是很难从现实中找到答案的，但我还是告诉他"只要相信，就可以的"。

3.

萧伯纳说，人生有两出悲剧：一是万念俱灰；二是踌躇满志。而我认为最大的悲剧就是综合上述两种。我就是这样的"幸运"。

和晴的关系，很难扯到爱情，而我却一如既往地喜欢她。牢记她的笑靥、她爱吃的食物、喜欢的颜色、爱听的音乐……她所有的一切，已经混合在我的血液里，不能分离。我无法忘记她与第一个男友牵手时，我的心情；也不能遗忘，日记里觊觎了千万遍的梦境。

暑假一起吃饭时，她问我，有喜欢的人吧。我说，还是那颗执著的心，没变过。她说，不会是真的吧。我冲她笑了笑。她又说，知道吗，我还年轻，我想要过好的生活，你可以给我吗？该庆幸呢，还是要哭一场。唯一的梦，忽然触手可及，却也变得浑浊而缥缈。我抬头看了看她的华丽面容，然后，垂下双眼，无言地叹气。我义无返顾深深喜欢的这个人，已不再是那个单纯的、戴着大厚眼镜、在走廊里大声讲话的小女孩了。席慕容诗里写"今生将不再见你/只为再见的/已不是你……"我想，爱情更像是飞蛾扑火，明知道会是玉石俱焚，却还是贪恋刹那的希冀。我做不到忘记，我所做的一切，都只为自己的心。于是，我告诉她，"等我，我爱你。"

很多奇迹，是只有相信才会存在的。真的，我自始至终都坚信着。夕阳残血，夜月繁星，流水落花，芳华刹那，一路跌跌撞撞走来，倚靠在岁月的断墙边，抚摸着身上熟悉的烙印，荡漾在满是回忆的幸福里。这时，我会想唱一首自己最喜欢的童年歌谣，来祭奠那些逝去的笑脸。

记忆企图挽留时间，但时间的本质是不可挽留的。曾看到一篇文章里说"当你不能够再拥有时，你唯一可以做的，就是令自己不要忘记。"水消失在海里，你消失在人海里，而我迷失在别人的心海里。很多时候，我们就像一只铩羽的鸟，拼命地寻找自己飞翔过的轨迹，然而，时间的光影，不容许我们有太多的重复，最终，我们会在遗憾中死去。我惧怕这样的结局，所以我对过往的一切，都无比珍惜。

我觉得，年华是一只结实的盒子，里面装满了一望无际的回忆，那些将心花中的彩蝶惊飞的，是我们沉重的叹息。 **The End**

普罗旺斯的花季

文 /四岁就变坏
摄影/罗小粉

普罗旺斯的花季

普罗旺斯的期盼

罗曼·罗兰说:"法国之所以浪漫,是因为它有普罗旺斯。"
七月的普罗旺斯沐浴在阳光里。远处,一片片的粉紫色,望不到边际。记得那时的你在我怀里说:"毕业了就带我去普罗旺斯。"我说好。然而那天你穿着紫色的连衣裙,不,那是被染成紫色的。那对于我来说是死亡的颜色。
是血?是它把你那宝石蓝的连衣裙染成那深紫色?是它吧。我应该记得的。
就像一朵雪莲绽放。纵情地开放。轻风吹帘动,有梦飞舞,花落的声音很好听。我的泪水停留在眼眶里,我伸出脚,一步一步地后退着。然后,看不到你。

你葬礼的那天,我在远处的山坡上,采下一朵朵的小白花。我躺在葱绿的草坪上,对着天空,手里握着的是你梦里的花吧?我一直这么认为的。

那大片大片的熏衣草,是你对爱情的渴望。是你抬起头仰望天空的期盼。是我抚着你被风吹乱的长发。是我迟迟未实现的承诺。

偶然风起,我怅然若失地坐在你旁边,你身前有好看的熏衣草,有好闻的百合,有鲜艳的玫瑰,还有散落一地的满天星。我抬起头,仰望这份曾经属于你我的天空,如今却缺了一半,抑或说一半湛蓝一半灰暗。

泛黄的照片上充斥着你最美的笑容,我说那是能融化罪恶的美丽。我坐在你身边,整整的一个下午,陪你,不说话,陪你仰望。
你笑,我看得到。我哭,你看不到。
你知道那有浓郁的清香。可你知道吗?那也有蔚蓝海岸。我想带你去那,海誓山盟。如若不是，那又留下我，苦苦地等待。

去普罗旺斯吧！那里的气候，冬天是不怕冷的，柑橘和棕榈周年常青，夏天没有豪雨，秋天是金黄的，正是葡萄熟了的时候，春天更是艳阳天，春光好百花妍，漫山遍谷如大花篮。

那春日的花季，充斥着你美丽的舞姿。洋溢着你灿烂的笑容。

记忆里剩下的回忆

葱翠的时代，你在校园的草地上。那日黄昏，你淘气地踩着射下来的每一缕光线。光线却在你身上跳跃着。在楼梯里，洒满金色的夕阳。我以为，我看到了永远。可你一直说那不是永远，而是永恒。

可那时花开在黑色的夜里。悄然地盛放，你有看到吗？当我坐在自修教室看书时，你独自到一个未知的市区，买一份地图。你想让我知道，没有我在你也不会迷路。可你最终还是打电话给我，你终究是离不开我的，不是吗？我不知道哪天是自己的生日，我似乎忘记自己还有那么一天值得纪念抑或是悼念。而你知道我喜欢看书，每次你都会买不同的书，我一段时间看席慕容，一段时间看余秋雨，又有一段时间看苏童。你记得我哪段时期会看什么类型的书，以至于现在我的书已经塞不进我的书架了。

而我一直收集你所爱的花。我一一走访花店，一一闻过花香，一一看过花种，一一问过价格。之后选择了高贵的天堂鸟。它有好看的颜色，婀娜的姿态。我捧一束花，站在店门外。阳光散落在这城市的每一个角落。对面的你穿着宝石蓝的连衣裙迎着阳光走来，像极了手中蓝色的天堂鸟。我嘴角洋溢着幸福。

我低下头闻了闻花香，悠然一笑。抬起头，有车驶来，你来不及躲闪。我木讷了好久，眼泪终是流不下来。花散落了一地，就如你倒在地上，没有声响。

不是约定普罗旺斯的，不是约定看遍这世上最美的国度，不是约定一起走过有花朵燃烧的岁月。也许你都忘了，全忘了。再也不记得了。

普罗旺斯的花季

凤凰花开满城市的每一个墙沿壁缝。花朵燃烧的国度里。花朵失踪了。溃烂在庞大雨水山路泥径中的红花对季风讲，如果我早点遇见你。

曾经满树的鲜花，风过后零落飘洒

有风的国度，吹起散落一地的花瓣。拾起已逝的娇艳，依旧芬芳。

记得你捡起一片花瓣，夹在书中。说要一直保存这份美好。风起，吹散了你的长发，夕阳下你的脸特好看。这场突如其来的风，也吹散了你的梦，不是吗？

我却用你的心和花，换来一辈子的沉默，换来一首悲伤到绝美的情歌，换来一场开不了花的花季。我摒弃一切的嘈杂，摒弃一切的碎语。在此刻留下一丝丝的倦怠。就将它渐渐放大。然后，生命汩汩地流淌过去，我们彼此相望，却听不见声音。

他们说寂寞是有声响的，可我依然听不到。

夜里会突然地哭醒过来，望着窗外的霓虹，许久都不能入眠。发白的指关节，突兀得让我害怕，霓虹下消瘦的身影，我自言自语，这不是我。

那紫色的普罗旺斯，你何时能给我一个紫色的梦想。紫色对于我来说就是死亡。梦里的颜色都是紫色，我害怕，我战栗。何时会解脱。

风特别大。原本凌乱的发丝变得更乱。我抬起头仰望灰蒙蒙的天空，都结束了吧。 The End

朝斯夕斯

我们常常会碰到这样的情况：别人说一些国学范畴的话题时，我们会有很多地方不甚了解；电视或书中出现的一些古代常用的语句、词语让我们模棱两可；当想看些书弥补这方面的不足时，又会发现书中的知识晦涩难懂。

《朝斯夕斯》栏目的开设，小编们希望能用最平实最具吸引力的语言来解说一些国学知识，帮助大家用最轻松的方式掌握更多的国学知识。中国文化博大精深，当你获得了一个轻松的开始，就更容易提起对中国文化的浓厚兴趣，如果能沉浸其中，就会发现一个十分宽广而且美妙的世界。

先来简单介绍一下"国学"的概念。一般来说，国学是指以儒学为主体的中华传统文化与学术。

它的内容包罗万象，国学以学科分，应分为哲学、史学、宗教学、文学、礼俗学、考据学、伦理学、版本学等，其中以儒家哲学为主流。

以思想分，应分为先秦诸子、儒道释三家等，儒家贯穿并主导中国思想史，其他列从属地位。

以"四库全书"分，应分为经、史、子、集四部，但以经、子部为重，尤倾向于经部。

在《朝斯夕斯》的栏目中，小编们每期会抓住国学范畴内的一个小点，尽量用最风趣最易懂的语言来向大家进行阐述。内容可能会是一个英雄人物的介绍，也可能是一个历史事件的阐述，或者只是某个名词、常识的解释，更或是各家各派的理论观点等等。

所谓"朝斯夕斯"，即利用一点闲暇时间，早上学一点，晚上也学一点，经过长期的积累，那么我们的知识肯定能够汇集成汪洋大海。

浅谈古代计时方式

在古文或者古装片中我们会注意到古人的计时方式与我们现在有很大不同。那么，常常出现的一盏茶、一炷香、三更、子时等与我们现在使用的计时方式有什么关系呢？我们这一期就为大家介绍一下古代的计时方式。

古代计时大都以时辰为基本单位，而我们现在以小时为基本单位。

关于古代从什么时候开始以时辰计时有两种说法：一种是，古巴比伦时期传入中国，公元前4000年到公元前2250年；另一种是，黄帝时期由黄帝开创，黄帝即位是在公元元年。

古代计时法有很多，包括十二时辰制、二十四时辰制、十时辰制、五时辰制、百刻制等。运用最为广泛的是十二时辰制，西周时就已使用。

十二时辰制，一天分为十二个时辰，一个时辰就是现在的两小时。十二时辰从子时开始，以亥时结束。排列顺序跟十二生肖排列顺序相同，依次是子、丑、寅、卯、辰、巳、午、未、申、酉、戌、亥。

在电视中常常会看到巳时、子时等说法，我们就会想，巳时、子时是现在的什么时间？其实很简单，我们只要记住十二生肖的顺序，再记住"子时"是23:00-1:00，两个小时为一时辰，依次换算就可以了。通过下面的介绍我们可以清晰地看出时辰与现在的时间的换算。

子时：23:00-1:00，夜半，又名子夜、中夜，十二时辰的第一个时辰。
丑时：1:00-3:00，鸡鸣，又名荒鸡，十二时辰的第二个时辰。
寅时：3:00-5:00，平旦，又称黎明、早晨、日旦等，是夜与日的交替之际。

卯时：5:00-7:00，日出，又名日始、破晓、旭日等,指太阳刚刚露脸，冉冉初升的那段时间。

辰时：7:00-9:00，食时，又名早食等，古人"朝食"之时也就是吃早饭时间。

巳时：9:00-11:00，隅中，又名日禺等，临近中午的时候称为隅中。

午时：11:00-13:00，日中，又名日正、中午等。

未时：13:00-15:00，日昳，又名日跌、日央等，太阳偏西为日跌。

申时：15:00-17:00，哺时，又名日铺、夕食等。

酉时：17:00-19:00，日入，又名日落、日沉、傍晚，意为太阳落山的时候。

戌时：19:00-21:00，黄昏，又名日夕、日暮、日晚等，此时太阳已经落山，天将黑未黑。天地昏黄，万物朦胧，故称黄昏。

亥时：21:00-23:00，人定，又名定昏等，此时夜色已深，人们也已经停止活动，安歇睡眠了。人定也就是人静。

我国古代把夜晚分成五个时段，用鼓打更报时，所以叫做五更、五鼓，或称五夜。如《孔雀东南飞》："仰头相向鸣，夜夜达五更。"《群英会蒋干中计》："伏枕听时，军中鼓打二更。"《李愬雪夜入蔡州》："四鼓，愬至城下，无一人知者。"《登泰山记》："戊申晦，五鼓，与子颖坐日观亭。"《与妻书》："辛未三月念六夜四鼓，意洞手书。"一更是现在的19:00－21:00，也就是戌时，两小时记为一更，依次推算为：

一更：19:00-21:00（戌时）

二更：21:00-23:00（亥时）

三更：23:00-1:00（子时）

四更：1:00-3:00（丑时）

五更：3:00-5:00（寅时）

除此以外，一刻钟与现在基本相同，也就是十五分钟左右。

一盏茶时间约为一刻钟，也就是十五分钟。

一炷香时间为半个时辰，也就是一小时。

那年夏天，我们的青春
——《蓝色大门》

BLUE GATE COSSING

    我们对于学生时代的大部分记忆，似乎都是些有关于青春期的萌动与爱恋。涂满了字迹的黑板，随时都会衍化成一张张的信笺，那上面有邮递出去的爱情和憧憬，也有被丢弃回来的痛楚与酸涩，我们都在那张虚幻的页面上哭泣或痴笑，每一点一滴的虚幻遐思，都被一层淡蓝色的忧郁凝结住了。

    这是一个你无须知道情节的故事。影片让人重回那个埋藏了无数秘密的纯情时代，永恒的记忆里，任时间随着那刹那的阳光偷偷闪过，就好像当年你我共同为之迷醉的那首诗。阳光，明媚的画面，悦耳的声音，让我带你走进《蓝色大门》。

    花衬衫在曼妙的钢琴曲中飞舞。阳光不刺眼，是很温暖的那种。

    画面都是慢慢的，欢快的钢琴在里面自由自在地游走，两辆单车停在斑马线边，像是有个精灵在他们的心灵深处呼唤。

    青春，一个敏感而脆弱的单词。就像那忧伤的旋律，就像那清澈的歌声，每个人都曾在一个似懂非懂的年龄，重复些似是而非的轨迹。终点也许不同，可脚步却定曾相识。如同《情书》上画在扉页的素描，又仿佛是《天堂电影院》楼下等待的背影；也或者是《阳光灿烂的日子》中爬出烟囱的顽童，《死亡诗社》里寻找自我的少年。

    谁敢说这所有的一切不是一场梦，美好而易逝，灿烂却如此虚无。

    暗恋，是个不可或缺的注脚。每个人都要经历那一段单纯爱恋的年龄，每个人都有一段青春困惑的时光，每个人都有穿梭在家和学校两点的经历，钢琴的旋律就这般慢慢流淌，天空还是一片洁净，风吹过，扫走了扬尘。

柔和珍是同班，也是非常要好的朋友。珍喜欢豪，但是豪却爱恋着柔。柔替珍的告白让除了珍以外的所有人都误会了，豪无比兴奋，珍有些许失落，柔却无比迷茫，她不喜欢男生。阳光还是刺眼的炙热，穿过树丛枝叶的层层阻挡还能在树下乘凉人们的身上跳起欢快的舞蹈。当柔表达了对珍的喜欢的同时，珍也被豪拒绝了……

青春的爱情本就应是盲目而充满误会的，会为了一个笑容而精彩，也会为了一个眼神而惆怅。在偷偷爱着的故事里，所有担心、快乐、嫉妒和幸福都被无限放大而使自己不再计较付出。彼此举手投足都在转眼间幻化成对方永恒的记忆，而我们的稚嫩和无知也总会变为有关年幼的美好话题。在无知觉的计较和疑惑中才会写下小珍那样的话语：我是女生，我爱男生。在对未来的不确定和对爱情的向往中才会牵手在蓝蓝的沙滩，却依然质疑什么才是爱的感觉。在那时，我们的确不明白。不明白相爱应是如何的，不明白自己会是怎样的。所以才有那么多的疑虑、困惑和纯洁、随性、简单的浪漫。

十六七岁的我们，可以抛开一切烦恼，尽情地做着自己喜欢的事情，就像片中男女主角骑着单车踏着阳光，轻轻松松享受单纯的渴望所带来的幸福。整个基调都是满满的浪漫与温馨。纯洁的情感就像清澈透底的蓝色海洋一样，晶莹剔透。

"我看不到他，但是可以听到他的声音。""闭上眼睛，虽然看不到自己。可是，却能看到你。"

每段动人青春，都在相遇的那一刻，就开始奏响那醉人的旋律了吧？那些关于青春的秘密、冲动，开始拼凑起来。他们互相对视，火花在那一刹那，迸发。那是青春的花朵，于不经意间的热血中绽放，明艳而动人……结局就似乎是没有结局，纯纯的爱情，也说不清是不是爱情。没有心事的青春是不完整的，就像风吹过水面，似乎什么也没有留下，却留下了一份过往。很多时候，烦恼可以被年轻的快乐吹散，阳光下，他们抬起头，青春飞扬。痛苦却不会使人颓废，伤心却有勇气面对一切。正因为年轻，无论伤心还是开心，他们的心境总是那么纯净，即使被伤害，也不会留下太深的伤痕。总是怀有希望的，总是向往未来的。只因为他们十七岁，悲伤对他们来说，只是发梢上跳动的阳光，裙摆上吹过的微风。

蓝色大门的背后

十八岁那年，完全不懂演戏的陈柏霖正在逛街，刚好碰到《蓝色大门》的副导演在找演员，阳光帅气的面孔，桀骜不驯的眼神，都让导演们很中意。同样是十八岁的似水年华，一个心情郁闷的高中女生在街上闲逛，青涩的脸庞散发着一股浅蓝色的忧郁气质，让在人海中寻觅的星探惊艳不已，那是属于她的年纪应该有的彷徨表情，命中注定在一个蓝蓝的午后遇见一座蓝色大门，走进大门也就从此改写了青春。经过多次的面试以及表演课程辅导，易智言导演决定由这两位新人演出《蓝色大门》当中的男女主角，克服了诸多困难后，他们得以跨出人生表演生涯的第一步。而凭借《蓝色大门》的优异成绩，男女主角陈柏霖、桂纶镁因此广受好评，赢得许多注意。

纪念远方的朋友

有人把易智言喻为"台湾的岩井俊二"，那是因为他的电影很细腻，而其中更透露着生活的真实。而他运用镜头映像记录下来的是一群都市年轻人的生活，透过他们的爱情故事，来表达年轻一代的价值观、人生观、世界观以及他们在当今这个世界中的无奈、苦恼。我们不难发现，易智言总是将视角更多地放在女性的身上。女性身上的脆弱、无助、敏感甚至是深藏于骨中的坚强，往往都被易智言在电影中挖掘出来。关注年轻人，而他的电影更是集中围绕爱情而展开。因为爱情是这个世界上最让人有感而发的东西，更重要的是，对于年轻人来说，在体验到亲情之后，他们对爱情的向往与探索往往是作为今后生命中不可或缺的第一课程。作为这部电影的导演，易智言在被问到电影反响这么强烈却为何不参加当年金马奖时曾坦言，这部电影本身就只是想纪念一位远去多年的故友，只是想表达出自己相信他可以照顾自己、放心地看着他离去的情绪；当时也不知道是不是能够拍成一部电影。如今电影已经上映，且反响强烈，也算得上是功德圆满，至于参不参展其实都是其次，重要的是对方已经收到他要传递的讯息，他的心愿已经完成。

蓝色大门的暗号

易智言似乎对手部特写情有独钟，《蓝色大门》中就有对桂纶镁所扮演的孟克柔手部的大段特写。导演巧妙地借助手部的意象表达出不同的思想感情。孟克柔对着被张士豪拉过的手，她从中感觉不到激动、快乐，却满是迷茫。导演用朴实的镜头为大家讲述故事。往往越平淡的东西，过后给人的感觉却是越深刻的。在当今众多导演玩技巧、玩另类、玩特技的时候，易智言却给了我们一片久违的清新空气。看他的电影，能让人有很多共鸣，仿佛深藏在脑海中的记忆被一点一点地勾起；让人重回那个埋藏了无数秘密的纯情时代…… The End

爱恋值得一生去守护
——《恋恋笔记本》

就算重缝，爱丝毫不曾泯灭！我不知道世上是否真的有这种爱，但我愿意相信！出色的原著，动人的表演。美得让人心痛的对白。

"你认为我们的爱能创造奇迹吗？"

"我想可以，正是因为爱，每次都把你带回我的身边。"

北加利福尼亚的海布鲁克，富有的尼尔森一家到此度假。女儿艾莉正值豆蔻年华，她漂亮活泼，对周围的一切充满了好奇。夜幕降临，华灯初上，艾莉和好友来到当地的游乐场，忘情地玩起了摩天轮。年轻的诺亚被她爽朗的笑声吸引，不顾一切地爱上了这个女孩。尽管艾莉出身上流社会，诺亚只是一个穷小子，但他们还是跨越了阶层与观念，执著而热烈地相爱了。

这份爱情建立在一见钟情上，男主角第一次见到女主角就爱上了她，这份爱持续了一辈子，在女主角变老之后还丝毫没有减退。这样一种浪漫的爱情，浪漫得让我无法相信。

她喜欢穿红，那么热情洋溢的颜色，就像她的性格。

他之前是一个快乐无忧的人，失去了她以后变得沉默而颓废。

他答应要重建一座庄园给她，有一个面朝溪流的房间让她作画。

但是家人的阻挠和战争的爆发，最终将这对有情人分开，他写过三百六十五封信，全部被她妈妈私自扣下。

他经历了一场战争，她再一次恋爱。但爱的记忆却永久地保留在他们脑中。七年后，诺亚返回故土，艾莉已经在他的生活中消失，可她的音容笑貌仍时时浮现在诺亚的脑海，于是他按照当初两人的设想装饰了一座大屋。当艾莉在报纸上看到满面胡须的他和他身后的庄园时，控制不住飞身去找他。艾莉选择驱车离开未婚夫，选择那栋房子的主人，那荡气回肠的音乐加上之前一直铺垫的音乐气氛和背景，人一瞬间就融化在乐章里了。

男主角在老了之后，还动情地回忆着他们的过去，他们已经相守了一辈子，有了儿子，孙女。他在最后的时光里仍然要陪着她，等待奇迹。

他说，因为她是他的宝贝。

故事读到了结局，她也终于想起了他。虽然只是很短暂的时间。

她哭着拥抱他，对他说"我爱你"。

午夜的病房，他悄悄走到她的床边，轻唤她。

她张开眼睛看着他，叫他的名字。诺亚，你相信我们的爱会创造奇迹吗？

他说，我相信，所以我才会把你带回我的身边。

他在她的身边躺下来，紧紧握住她的手。

他说。我会一直守护你。

两个头发花白的老人，就这样一起牵着手……静静地一同离开。

如果童话的结局是这样美好，为什么还会有那么多的感伤？

很多事情都是缘分注定，他们就像是注定纠缠不清，命运必须把他们联系到一起，开始不能完成的事在过来几年之后，绕了一个圈，他们还是在一起了。我们难道不是像这段矛盾的感情一样，在现实、理想中徘徊吗？我们在现实与理想中衡量我们的选择。我们想做的，包括梦想、爱情等等与我们要做的事之间，我们如何选择，这可能最能反映你是一个感性的人还是一个理性的人了。但或许，我们也有智慧把两件事变成一件事。

女主角的妈妈同样也经历过这样一段感情。她试图让女儿不再重蹈覆辙，但生活不就是这样吗？越不想它发生的就越是要发生，如果这件事注定要发生，那么无论我们如何防止它也没有用，那么我们为何不洒脱点，让暴风雨来得更猛烈些吧！我还能失去什么呢？

童话之所以美好，是因为它遥不可及。**The End**

听见天堂

蓝色像什么？

像是骑脚踏车时风拂过脸庞的感觉，或是……像海……

还有棕色，摸摸看，棕色像这粗糙的树干。

那……红色呢？

红色……像火一样，像太阳下山的天空。

从充满光明的天堂，一下子被打入只剩幻影的地狱，而且后来，连一丝光都感觉不到。似乎是冥冥中注定的，米克对声音似乎有天生的敏感，他的生命循声而去，声声入耳，被他剪裁成大自然的戏剧。也许他只是闭上眼睛，打开了其他的感官，他不只用耳

Il coraggio puo essere una favola ad occhi chiusi

**我们看见世界，
　他却听见世界上所有的美**
　　　　——《听见天堂》

朵，还用手掌、用脚、用嘴巴，用一切能发出声音的器官，对生命进行淋漓尽致的理解与表达。

虽然校长的固执让米克感到无边的黑色，但善良开明的唐老师让米克明白了其实不光存在着看到的世界，还存在着听到的世界、品尝到的世界、闻到的世界、触摸到的世界。不只是可以看见一朵花开的艳丽，还可以听见一朵花开的声音，可以品尝一朵花开的甜蜜，可以闻一朵花开的芬芳，可以触摸一朵花开的绽放。

于是，我们感触到了声音的力量；微风轻轻抚过每一片舒展的树叶，发出沙沙的声音；雨水坠落到地面，一滴两滴，最后变成滂沱大雨，发出哗哗的声音；阳光下面小鸟唧唧喳喳地欢唱，闹市，人潮，炼钢厂的轰鸣，电影里面念的对白声，收音机，花开，眼泪落到面庞，悲伤的呼吸声……整个世界如同一个巨大的不断制造喧嚣的机器，我们耳朵接收到的也许只是那些低频率的声波，可是它们在米克敏感的内心里面全部都是美好得让人窒息的事物。那些言语和文字都无法描摹出来的美好，在年少的盲人米克的内心，在我们闭上眼睛后的内心，全部都化成无法切实抓住的声音。那些声音波折反复，上升下沉，在无数的重复交融后，在大气电波和世界中膨胀扩散，随后嵌入心里某个空白的罅隙最深最深的地方，所有回忆被抹成空白的地方。当外在的一切依然并行不悖，生活继续以幸福而平行的姿态前进时，依然存在着无限寂静的地方。像停留在整个宇宙边缘尽头，时光和记忆交融凝固在一起，依然能够听到最完整最温暖的声音。

让我们随着背景音乐，轻轻地闭上眼睛，去聆听，去感受……　　The End

亲爱的，我还不知道
——"宝贝"张悬

第一次听她的歌的时候，就觉得心头痒痒的，一个很真实的画面感，一种很特别的嗓音。每次她唱歌，像无人聆听一般自在，无所谓环境的嘈杂或纯净，像只单飞的鸟，孤独地鸣叫。她的声音里仿佛有种倔强的忧伤。很喜欢Love,New Year里的那句话："于时间的长廊上，你再也不等我。"她就像个美丽而寂寞的猫咪，歌迷眼中的"悬宝贝"。

她十三岁就有了自己的作品《宝贝》，与众不同的才华，异于常人的音乐视角和创作灵感，使张悬的歌和她的人都独树一帜。她擅长古典吉他，大半歌曲都是以吉他为主旋律，有时候配以清淡的弦乐伴奏和少量的音效，有时候就只是苍白地独奏和哼唱。张悬的歌词总是很有诗意。但并非温婉优美的诗意，而是一种很有哲学感的诗意，我说不清那种感觉，只觉得她的词读起来都会觉得舒服，会回味起自己短暂生命中的每一次细腻情感。就如同第一次听《喜欢》时，真以为是哪个文学女生的独白，会从内心生出一种伤感。恍惚间，她的长发挡住了脸，深邃的眼在低沉的旋律中变得和蔼，像是怕别人触碰到她脆软的神经。她的曲，旋律并不复杂，却可以将每一个音都刻入心底，让我们心里最柔软的地方被触碰，蜷缩，然后留下不可修复的深纹。简单的音符从音孔中逐个蹦出，串联成整支或温柔或激烈的曲子，在她的指缝间、膝骨上，每一根琴弦和拨片接触的细小空间里隐隐缠绕，仿佛不食人间烟火一般。

这张名为《亲爱的，我还不知道》的专辑中，包含了十一首歌，全部词曲都由张悬一手包办。其中《喜欢》、《亲爱的》、《儿歌》、《并不》均为她一贯安静沉稳的风格。干净利索的吉他弹奏,有时是成段成段的和弦,有时是缓和的主调。大段的前奏或间奏之后,低沉处几乎是念出来的字眼,稍高音的清澈,以及随性的转音,穿插融合成一首首舒服至极的歌。"那寂寞有些许不同/我挑着留下没说/那生活还过分激动/没什么我已经以为能够把握/你知道你曾经让人被爱并且经过/毕竟是有着怯怯但能给的沉默/在所有不被想起的快乐里/我最喜欢你。"《喜欢》是专辑中是我个人的最爱,要首先介绍和推荐。亮点是很舒缓的吉他旋律,很值得称道的词,以及独一无二的绝搭的张悬的声音。整首四分五十四秒的歌中包含三十八秒前奏、五十五秒大间奏和二十秒的尾声,全部为简单的吉他单音旋律,间奏有少量的和弦,没有其他音效,脑袋里自然浮现出她纤长的手指稔熟地拨弦的动作。如此大量的只是旋律没有演唱的片段的运用,在张悬的几乎所有歌里极其频繁地出现,像《讨人厌的字》就有一分二十一秒的前奏,但却不让人觉得厌烦,实在无与伦比。《儿歌》是一首轻快的作品,我也非常喜欢。歌词可爱而甜蜜,吉他旋律也较之前活泼了许多,可能是因为音层高了几度的原因吧。曲风清新欢快,搭配大提琴温柔的伴奏,自然而然的温暖,自然而然的轻松,自然而然的快乐。听完之后,有时候自己也会很神经质地跟着哼"如果受了伤就喊一声痛,真的说出来就不会太难过,不去想自由,反而更轻松,愿意感动孤单不忘怀"。"保留你的骄傲、遗憾然后微笑"。《并不》大概就是倾诉一个女生分手之后心情的那么一首歌,却不是一如既往的哀怨或者伤感,而是潇洒和桀骜。这次的吉他大量地用了和弦而非弹奏主旋律,突出了张悬干净的嗓音和精确的音准。背景衬有隐约的海涛声和对话,烘托起故事的层面。一贯的大片段的间奏,以及随心所欲的转音和强弱变换。最后留下一句淡淡的"我们并不拥抱"。

《嫁祸进行时》、《毕竟》、《讨人厌的字》基本上都是属于轻摇滚风格的,听惯了她的蓝调曲风,再听她的声音在狂傲与嘈杂的节奏中猖狂肆意,却也不觉得格格不入,反而觉得很搭调很谐调,比一些歌手演唱摇滚时的牵强和刻意吼叫要自然得多。她可爱的鼻音,和低音时很有意思的圆滑的弯音,在这种轻摇滚的环境里都相得益彰。《嫁祸进行时》的歌词延续奇奇怪怪味儿,呼呀着"嫁祸我吧嫁祸我吧",听完心情会很high,很摇摆的那类歌。

专辑中还有一首《欲望把眼前的地板铺满》,歌名读起来就是很特别的。这应该是属于一首比较后中性的歌,融合了她的两种风格。带有略微的蓝调的色彩,有些忧郁,有些沉闷,有些压抑,但她的呼喊留下的尾音绕梁,不绝于耳,回味于心。

专辑中还包括两首全英文歌曲,《gonna stop》和《outro》。前者是完全的电子风。后者我在网上实在找不到完整版,片断地听上去,感觉不是很鲜明,大概也是偏蓝调的吧。呵呵,说了这么多,也应该留下点空间让大家跟着自己的感觉走吧。

闭上眼睛,感觉可以看到她自弹自唱的模样。在她有着色彩斑斓和柔顺质感的声音里,如同被包容一样沉溺。她慵懒地移动着手中的拨片,靠在角落里轻抚着吉他。她吟吟地唱,她的声音,与吉他融为一体。微微的鼻音,感觉连声音也像是她用手指拨捻出来的,有着琴弦振动的动态,和回荡在音孔中而生成的饱满,尝不出虚假,却品味出无穷的生命力,躲在最后一个音符里、最后一丝声息里、最后一下耳膜的震动里,无处逃匿。

"拥有一切以后/就让他走/在某个角落放一首歌/别忘了要温柔/别忘了要快乐。"

片段中有些散落
有些深刻的错
还不懂这一秒钟
怎么举动
怎么好好地和谁牵手
那寂寞有些许不同
我挑着留下没说
那生活还过分激动
没什么我已经以为能够把握
而我不再觉得失去是舍不得
有时候只愿意听你唱完一首歌
在所有人事已非的景色里
我最喜欢你
片段中有些散落
有些深刻的错
还不懂这一秒钟
怎么举动
怎么好好和你过
那寂寞有些许不同

我挑着留下没说
那生活还过分激动
没什么我已经以为能够把握
你知道
你曾经让人被爱并且经过
毕竟是有着怯怯但能给的沉默
在所有不被想起的快乐里
我最喜欢你
而我明白觉得失去是舍不得
有时候只愿意听你唱完一首歌
在所有人事已非的景色里
我最喜欢你
而我不再觉得
而我不再觉得
而我不再觉得

——《喜欢》

The End

生长的麦田已被城市包围
——麦田守望者《我们的世界》

在塞林格的小说《麦田守望者》中,"麦田"是一种诗化的象征,而"守望麦田"自然便成为一个优美的举动。然而,守望最终仍是难以维持的。麦田守望者在经历过自己的青涩年代后,从对社会的种种懵懂到洞察社会的种种,其实已逐渐被淹没在社会和时代的浪潮中。但在这个时候,他们却偏要跳将出来,站在这个社会与时代的浪尖上,写出这部带有浓厚批判现实主义色彩的优秀小说——《我们的世界》。

专辑取名《我们的世界》,立意明朗正面,既告别了《在路上》的茫然,也结束了《绿野仙踪》的童话浪漫,麦田守望者在幻想与现实的双纬度中构筑了一个我们的世界。这个世界介于幻想与现实之间,有反叛性的《刺客》,有讽刺乐坛现实的《SUPERSTAR》,有励志歌曲《一意孤行》,有现实主义的《钱》,听完全张专辑终于发现麦田的改变,就像他们自行设计的唱片封套,在中国北京最具标志性的摩登建筑SOHO里的照片一样,超现实与现实交织,超幻想与幻想纠缠——我们的世界是幻想与现实的,但终归是现实的。那些曾经的幻境已经走远,生长的麦田已被城市所包围,也许有一天终会消失在城市的海洋。也许真的有那么一天。

《我们的世界》
当你独自站在高处,那种浸于筋骨的英伦特质随着吉他、鼓与和声一层层地压来，仔细聆听自己鼓击般的心跳，睁开眼睛俯视城市的每个角落，它如此耀眼而绚丽、疯狂而晕眩、愚蠢却又真实地展现在我们眼前。在我们的世界里，演出就此开始。

《刺客》
吉他音色的复古感浓郁，但编曲细节上的构思没有影响歌曲整体的流畅。当它满载着杀机掠过，即是对所有听觉防线血淋淋的撕扯，一把并不锋利的匕首却能闪着寒光，将一切猎物连骨带肉剁得粉碎。

《SUPER STAR》
娱乐时代的工厂流水线上，一个个表面光鲜内心畸形的怪胎整装待发，他们满怀期待却又忐忑不安，今天的SUPER STAR，可能在明天人间蒸发。

《钱》
钱钱钱钱！盲目的贝司低音裹覆着铜臭味的金属琴弦滚滚而来，对金钱的欲望愈戏谑愈真实。他们天马行空的思维还是一如从前，但已变得更加犀利，时代主流的媚俗正好适合这些曾经离开公众视线的歌者诠释，在狂热的大潮前，他们因自己的冷静与矜持而显现睿智！

《THE PERFECT DAY》
轻盈幽雅的英伦小品，Ukulele轻盈的弦音如童真的微笑般纯美，漫天飘散的音符与萧玮慵懒的歌声造就了一幅完美而和谐的画面。乐曲营造出一种游乐园的感觉，你一听到，脑海中马上就会浮现出旋转木马、海盗船、小丑和棉花糖之类的景象。

《白夜》
仿佛是急促的呼吸，指尖滑过汗水浸泡的领地；当巅峰后一切归于平静，敏感尚未退去，游走周身的每处细节，都需要你我小心翼翼地去体味。一首情爱史诗，一场摇滚成人礼。我们的世界，是两个人的世界。

《崩溃》
凝视着你入睡，合着最美的旋律，一秒钟，为你沉醉、彻底崩溃。编织迷人梦境，麦田守望者再造吉他弹唱曲之臻藏经典。

《MY SUNDAY II》
转世之作已呈一派英伦清新之声，我们悄然走过，周而复始，未曾改变。或许日渐平和或许愈发机械，在MY SUNDAY到来之前，一切都变得微不足道了。

《我们长得不漂亮》
从头至尾天衣无缝、无懈可击，动听流畅的草根之歌，覆在心灵上的尘土被震荡飞扬，中间段的转接的闪光将你推向高潮，城市里每一个卑微的小角色都会为它欢呼雀跃。这无疑又是一场酣畅淋漓的听觉盛宴。

《一意孤行》
眼泪从第一句歌词唱出时缓缓流下，在路上的人会懂。未必命运刻意安排，经典自是注定。记得那年我们一起出发，纵然出发无法到达，未远行路定，我们一意非孤行……坚毅悲歌，一丝伤感、一丝决绝，凡曾守望金色麦田者，很难不为之动容。

心中的麦田泛着恢弘的金黄而不忍割锄，全因那所收获的沁人心香，只为这自由呼吸的权利，就已值得终生守望。生命如此短暂，所以总将美好浓缩；生命如此漫长，所以总有美好值得守望！萧玮，他的声音听起来总是那么年轻。他对于气息的收放有自己很独特的处理方式，所以他不像朴树那么沉哑，也不像便利商店的郭硕那样凛冽，而是将两种颜色混合在一起，像一面细腻的磨砂玻璃。

我很喜欢这张专辑，它唤起了我对高中时代的回忆。那些蓝天白云的日子，我的随身CD，我起风的大操场，我璀璨的顶楼星光…… **The End**

穿越你的人生，掠过那些缩影
——Graham Coxon的吉他独奏诗篇《The Spinning Top》

也许我们曾经期待，青春的到来，也许我们正在穿过，青春的旷野，也许我们忧郁追逐，青春的往事。也许，江山依旧，人物不同。

Graham Coxon，这个男人已至不惑之年，但我们看到的永远是那深邃的双眸，散发腼腆气质的艺术家。在伟大的Blur重组之际推出了自己第七张solo专辑，专辑的名字叫做《The Spinning Top》，十五轨的概念专辑，为我们讲述从生到死的故事。

低调的Graham兢兢业业地在音乐创作道路上走着一条不过分花哨的路，但这些并没有掩饰他无与伦比的音乐才华，至少这么几年来水准不低的数张专辑绝对彰显着他的创作实力，加之其吉他高超的技巧，每张专辑当中除了平凡质朴的情感之外，更平添了几分意味深长的对于吉他伴奏的好奇与揣度。在这张《The Spinning Top》之前，Graham Coxon可能更摇滚，更富于激情，但这张仅用木吉他慢弹轻拨的美国民谣式专辑，则更凸显了Graham在吉他技艺上的精益求精。

专辑以acoustic作主调，但亦不无在其上添上金属和其他电子特效元素。Graham这专辑的编曲变化十分丰富，而且acoustic这般原始的音乐，要做到新鲜而不沉闷更加不容易。

从专辑的第一首歌《Look Into The Light》即以木吉他等乡村乐器作为主题，Graham不经修饰的嗓音也愈发衬托出这张专辑以淳朴为美。

专辑第三首作品《In The Morning》听起来尤其令人感动，歌曲来到中后段的intrumental部分，tribal味道的鼓乐敲击，加上吉他弦乐的土风弹奏，带人深入到一个原始而幽秘的地域。几部分的转接做得非常圆滑，是编曲功力之至。

《If You Want Me》是我很喜欢的一个作品，"……if you want me, come on get me. if you want me, you be there……"吟唱得是那么的叫人揪心，辗转难眠。直至中间部分的那首《Dead Bees》，这张专辑才算是进入高潮部分，随后又转向Lo-fi性质的民谣曲风。《Caspian Sea》则是一首另类幽默混合的风格，歌曲以acoustic导入，然后逐步加入越来越重的金属声音，到最后演化成一堆反和谐中带规律的杂声混合体，全曲给人的意象就似一个本来完好的电子音乐盒，猛地被损坏了，螺丝零件松动脱落，发出不同的怪声音，重复又重复唱着caspian sea，更加强了这种失真的意象。

缓慢低沉的《Tripping Over》，吉他弦发出的每一个音节都仿佛拖曳着一份情感厚度，那仿如他第一张专辑《The Sky is Too High》里第二首歌《Where'd You Go》的孪生儿，但来得更复杂、更有深度。

最后两首《Tripping Over》和《November》则在木吉他的基础之上加入少量电声乐器和管弦乐器，使得整张专辑以略显大气恢弘的气势完结。

听惯了流行乐，何不尝试一下不同风格的声音呢？也许你会爱上他，也许你依旧爱别人，但是这都不重要，重要的是，你只要了解过，感受过，沐浴过。那么，它就值得我向你推荐。 The End

爱一个人，要先杀死自己

我静静地躺在床上，
衣柜里面挂着我的白天。
我静静地躺在床上，
墙壁上落着我的夜晚。

你是不同的，唯一的，柔软的，干净的，天空一样的。
你是我温暖的手套，冰冷的啤酒，带着太阳光气息的衬衫，日复一日的梦想。
一切白的东西和你相比都成了黑墨水而自惭形秽。
一切无知的鸟兽因为不能说出你的名字而绝望万分。

一个女人爱着一个男人，另一个男人又爱上了这个女人，他们在一起又分开，结尾我不知道。这是导演孟京辉对新戏《恋爱的犀牛》的描述。一个世纪末的黄昏，犀牛饲养员马路爱上了他的邻居明明，现代的、决绝的、复杂的明明令人无法捉摸，却令马路欲罢不能。她爱着一个有妇之夫的艺术家。一夜之间,贫穷的马路中了万元彩票大奖,但这并没有让他得到心爱的人,明明拒绝了爱,也拒绝了钱。马路最终绑架了明明,在他的爱情面前杀死了象征自己的犀牛。

爱,是一种忘我的境界,却在忘我里,成全了自己。是的,我是愿意也可以相信的,我的眼泪,就差一点点,真的就一点点的时间,它们,就又收不住了。

你是纯洁的,天真的,玻璃一样的。
你是纯洁的,天真的,什么也污染不了。
你是纯洁的,天真的,什么也改变不了。
阳光穿过你,却改变了自己的方向。

爱是自己的东西,没有什么人真正值得倾其所有去爱。但有了爱,可以帮助你战胜生命中的种种虚安,以最长的触角伸向世界,伸向你自己不曾发现的内部,开启所有平时麻木的感官,超越积年累月的倦怠,剥掉一层层世俗的老茧,把自己最柔软的部分暴露在外。因为太柔软了,触痛必然会随之而来,但假设没有了与世界、与人最直接的接触,我们活着是为了什么呢?

幸好,《恋爱的犀牛》是一出话剧,夸张,鲜明,就如同爱情真诚真实的本原。或者,它已经在这个茫茫的大世界里灰头土脸了,蓬头垢面了,面目全非了,但是我们不能在心里遗忘掉,当你第一次遇到爱情的时候,那种清晰明朗欢快的美好,它朝气蓬勃的活力,鲜明夸张的色彩,情窦初开的感情,激荡的情绪。

"我懂得了爱情与喜剧、体育和音乐没有不同,在享受爱的同时,人们可以感到生活轻松自如……"

——波兰斯基

爱情,是属于这个世界上一小部分的勇士的,是属于生活的强者的。最终,我们都会通过各种途径获得标准意义上人生的圆满和安稳,幸福的人不断地做加法,稍许不幸的人习惯了做减法的生存法则,没有人比谁更幸福,也没有谁比谁更不幸,区别只是在于我们感受幸福的尺度,在于我们习惯了哪一种数学法则,委身于哪一种程序标准,但是当你在想到什么而感到隐隐作痛的时候,那种疼痛真的就可以瞬间即逝吗?

应该不会吧。它会长成一个疤痕,隐匿也好,明显也好,它最终,在发生的时候,就已经永久一样地停留在你的生命之中了,它是你自己知道的私生子,你可以选择遗弃,但是我相信,遗忘,大抵是不可能的事情。

"爱之于我,不是肌肤之亲,不是一蔬一饭,它是一种不死的欲望,是疲惫生活中的英雄梦想。"

——杜拉斯

你是不留痕迹的风。
你是掠过我身体的风。
你是不露行踪的风。
你是无处不在的风……

并不一定会拥有爱情的,请不要否定它,不要把它从生活里、从心里、从追求的列表里,拿走它。你没有,不代表它不存在,而且一定要正视它的存在,是为了正视你的人生是完整还是残缺,是真实还是虚伪,是幸,还是真的不幸。

廖一梅编剧曾说过,《恋爱的犀牛》是一个关于爱情的故事。讲一个男人爱上一个女人,为她做一个人能做的一切的故事。但这部经典的上乘作品在我看来,也许不止一种解读方式,也可以完全不用局限于作者原本一个主题的体现。如同情意绵绵的《红楼梦》却有了"索隐派"这样背离通常理解却真的有存在价值与存在合理性的研究学派,那么请允许我阐述一下我对这部作品抛出爱情外的感受与认知。除了对人和社会这一对关系的阐述之外,《恋爱的犀牛》还表现了人生的戏剧性、荒诞感和绝望感。马路和明明的遭遇中,有一种"有心栽花花不开,无心插柳柳成荫"的感觉,即:内心最深切的渴望无法求取,不想要的东西却于无意间得到。马路无意中获得许多人渴求的五百万大奖,但他却无论如何也得不到明明的感情;明明轻易地获得了马路的感情和肉体,但却无法得到陈飞的真心。对于马路和明明这两个"栽花者"来说,"柳"是毫无意义的,而"花"却永远无法求取。这种"易得"和"不可求"的对照,形成一种绝望感和宿命意味。社会对人的异化和隔离,使得灵魂守望者们退守个体的心灵空间,自我封闭,固执地追逐自己设想中的"幸福",成为人群中的"犀牛";而自我追求的难以实现及对追求目标的盲目和误解,更使"犀牛"们走向极端和疯狂。结尾,马路开枪杀死犀牛,所有人冲进犀牛馆,明明突然唱起歌来,话剧在警报声和众人的歌声中结束,象征着人与社会矛盾的不可解决和人生终极命题的无法回答。从这个意义上说，《恋爱的犀牛》是"犀牛"们的狂乱悲歌，亦是对社会和人生的一声哀叹。

为什么叫犀牛？
因为犀牛的视力很差。
这是暗喻人们在恋爱中的盲目。

也许你曾经看过，也许你未曾看过，但这些都只是一些沉默的文字，当演员们将它们演绎成动态的时候，你才发现，原来自己那么轻易就被打动了。

还是建议大家去看一场话剧吧，希望你能投入到里面去，至少在某些时刻，你可以大胆地幻想自己去做一名话剧导演，你会发现生命可以如此不同，可以有如此多种多样的可能。

昏黄的舞台灯，半空中的吊床，那男子目光清澈，神情忧郁，他缓缓诉说：

黄昏是我一天中视力最差的时候，一眼望去满街都是美女，高楼和街道也变幻了通常的形状，像在电影里……你就站在楼梯的拐角，带着某种清香的味道，有点湿乎乎的，奇怪的气息，擦身而过的时候，才知道你在哭。事情就在那时候发生了……

"艺术就是性格，有性格才有美。"
——罗丹

《恋爱的犀牛》的标签是旗帜性作品，年轻一代的爱情圣经。大多人知道《恋爱的犀牛》的先锋导演孟京辉，但更多的人忽略了编剧廖一梅，其实一个电影作品的成败，和剧本的好坏分不开。也许孟导的确功不可没，但是廖一梅的剧本其实才是最大的有功之臣。廖一梅最擅长的话题是爱情，她大多作品都是以爱为主体，"爱情是生命中最重要的东西，爱情是功课，它教会我很多东西！爱情是我写作的一个出口，每个人都有自己所爱的人，对待爱人的方式，就是他对待世界的方式。"她自己迷恋的爱情，是那种痛苦的爱情，因为"它是使我成长的最重要的力量"。这个敏感、直接的女人让我觉得很酷，像明明一样。孟导说他很崇拜自己的太太，我想不是没有道理的。哦对，孟京辉和廖一梅是两口子。但是他们的作品却从不要求捆绑，合适的就合作，不合适的就各忙各的，婚姻中是爱人，工作时是伙伴，配合起来琴瑟合鸣，分开时独立完整。喜欢这样的感情和婚姻模式，保持敏感和独立，是爱最好的方式。

北京爱罗服装公司的三位主创人员杜遑、吴敬芝、李青为这部戏设计了全部服装，偶尔的理想主义和世纪末的茫然恐慌在戏里得到了充分的展示，他们第一次感悟戏剧会令自己兴奋不已。

杜遑：戏剧服装要高于生活，穿透人物表面，反映人物内心。棉麻的衣服是土的人穿上更土，洋的人穿上假正经，只有像马路这种非主流的人穿上才恰到好处。马路这种人在十年前可能遍街都是，但现在却像犀牛一样稀少。我想这是21世纪姑娘们的悲哀，她们将很难再遇上向她们吹口哨，用自行车前梁带她们串胡同的傻小子。这种执著、较劲、为爱情不顾一切的男人越来越少了。马路如果是我的同事，我会瞧不起他。但如果我是一个女人，也许我会爱上他，爱上一个理想主义者未尝不是一件幸福的事。

吴敬芝：戏剧服装不仅要符合剧情，还要弥补演员体型上的不足。马路是个养犀牛的，体型又比较胖，棉麻的感觉随意，垂感好，适合表现他那种本真的纯情的东西。最后那场杀犀牛的戏让我非常感动，得不到的东西令他执著，但马路这样的人会令我窒息。对女人来说，仅有爱情是不够的，要是我十五六岁，我也许会爱上他。

李青：犀牛是一种象征，代表一种原始的爱情观，抛开一切，追求一种不带修饰的情感。换句话说，犀牛就是马路。他像一种快要变成化石的生物。我们不敢想象，下世纪的新新人类会怎样恋爱。用棉麻制作马路的衣服是对高科技时代的一种蔑视，它表现出一种从一而终的状态，简单，没有花样。马路深情，但太认死理，衣服代表着他的内心，一切可以变，但爱情不能变，化纤是达不到这种效果的。我崇拜马路，但我不会嫁给他，生活中琐碎的事太多，我不能和一个为了爱情总处于崩溃状态的人在一起。

爱一个不爱你的人，
一个对你不感兴趣的人，
一个登徒子，一个衰老到无力满足你的人，
这样你可以更加清晰地感受爱情的重创，
没有虚荣心的愉悦，没有安全感的满足，只有爱情，
令人身心疼痛的爱情。窒息你的自尊，抛弃通用的爱情准则，

忘掉幸福的标准模式，剥掉这一层层使感官迟钝的世俗的老茧。

赤裸裸的、脆弱柔软的，只剩下爱情了，要多疼有多疼，美丽得不可方物。

改变天空的颜色，物体的形状，让每一次呼吸都带有质感，生命从此变得不同…… **The End**

未知地

茌苒府
闻所未闻
向左，向右
Choose Answers
星语心愿
八卦报

茌苒府

同志们，经过上次突击提审我们敬畏的代总，相信大家已经感受到了磨刀霍霍向牛羊的快感了吧。这次，我是上顺天意，下应民心！把我们编辑室最好心的美编司可连哄带骗地带到了茌苒府里。嘿嘿。进来了就别想出去……

都知道城管横，八卦记者更横，其实呢，八卦忍者是最横的啦。因为他们无处不在，任何一个正常人在下一秒钟都有可能由一个"卡立否森森"（咒语借鉴火影忍者）变成一个八卦忍者，他们不分白昼地出没，横行霸道，鱼肉明星，说实话，很让我眼馋啊！多好的一个岗位啊！所以呢，正好借这次提审我们编辑部最有爱心的司可MM，嘿……我也忍者一次！

包打听

（左右：端正坐姿，仔细听题，认真思考，从实回答！）

1.人妖&Gay你更不能接受跟那个做朋友呢？
SK：Gay，Gay的问题是无形的，人妖的问题出在本身，本身太有创意了。
包打听：不管怎么说，我们的司可还是正常的，起码，人妖也曾经是爷们嘛。

2.你的初恋年龄是？
SK：二十岁，庆幸早恋问题没有出现在自己身上，没有被杀死在同学老师家长的眼神中。
包打听：真意外，我只能说。司可，要么你是个不诚实的人，要么你就是个火星人。

3.你的初吻年龄是？
SK：二十岁，还是被强吻的。
包打听：哦！我疯了，这个回答和上一个太跳跃了……不过，恭喜司可，你还是个正常的地球人。

4.你现在有喜欢的人吗？
SK：有，有个人放在心里暖和，尤其是冬天。
包打听：（镇定镇定）哦？请问，是个暖手宝呀还是七个小矮人其中一个呀？

5.你的口头禅是什么？
SK：换的频率比较高。
包打听：这个口头禅蛮特别的？也很绕口啊！改成"换的频率比较嗨"比较合适哦。

6.你如何理解"正义"二字？
SK：正确的价值观和原则性，以及强烈的责任感。
包打听：怎么听着像是男人对自己已孕女友的回答。汗……

7.当你抽到要回答问题的签时,你感觉如何?

SK:预料之中,在没有抽签之前我就知道一定是我,因为幸运从来不眷恋我,如果大家想买彩票,可以先找我选下号码,你们再买我没选的那些号码,这样中奖几率会高一点。

包打听:哎,我本想心向明月,奈何明月照沟渠啊。心态好,命运衰啊!呀。岂不是以后有什么事情我不想去的话,和司可猜拳就可以咯。哦也!

8.你满十八岁以后最想做的一件事是什么?

SK:单独拥有一个户口本。

包打听:晕,还好我不是在喝水。这么快就想自立门户,典型的分裂主义者。

9.生命里什么对你是最重要的?

SK:食物和医院,民以食为天,也有吃坏肚子的时候,医院也很重要……

包打听:打断一下啊,其实我不想这么恶心,但是真的很好奇啊,对于司可,厕所比医院更重要吧!?

10.你最喜欢吃什么东西?

SK:橙子,美白又减肥。

包打听:"白里透明,体重超轻",每一个女性的完美追求!

11.如果早晨醒来发现身边睡着一美男你怎么办?

SK:一定还在做梦,换个动作继续睡,直到真的醒来。

包打听:这是害羞不敢起呢?还是希望借助于假性梦游来达到你不可告人的目的!!!我个人代表全世界倾向于后者。

12.你,你,你是地球的吗?

SK:不希望是,但必须承认我是,但我不正常。

包打听:跑一下题啊,请问这个题目是上一题中出现的美男问的吧!果然啊,司可不负众望地做了我们大家猜测的事情了,但是,怎么被发现后回答得还这么厚颜无耻呢。愣把自个说成个忘记吃药的精神病患者,哎。好色的后果啊!

13.早上醒来以后第一件事情会做什么?

SK:擦干口水。

包打听:怎么着啊,没完事啦。还好梦一日游了!!!

14.半夜十二点整敲门的会是什么?

SK:快递。

包打听:回答这么简洁明了,是不是怕想多了,晚上睡不着啊。嘿嘿,不怀好意地提示你一下《午夜出租车》!恐怖了吧!

15.你会对敲门的说什么做什么?

SK:二大爷,你什么时候调到快递公司啦?

包打听:什么?陈小春是你二大爷?(哼唱)"思春的虫子命运蠢蠢蠢,打不开的心门那就只好闷闷闷,你要学学那个屡败屡战的陈小春,否则就注定要当一辈子的光棍。"

16.你期待2012年吗？

SK：相当期待，早死早超生。

包打听：啊……这个……看来司可已经对自己的人生彻底灰色了……（双手合掌）菩萨保佑啊，2012千万不要是世界末日来临啊，我的大好青春还没挥霍完呢！

17.你参加过类似相亲的活动吗？

SK：没有，也不喜欢这样的方式，我与另一半应该是用更浪漫的方式相遇。

包打听：哦。那是什么方式啊？在一个钞票漫天飞舞的季节，司可和一个帅哥从相距五公里的距离就一见钟情，然后双方用一百米每小时的速度，pia pia 地奔向对方！！！

18.你如何看待"原罪"？

SK：既然是人类与生俱来、洗脱不掉的罪，那就带着吧，很酷。

包打听：我是无神论者，我坚信，亚当不是我的祖先，猴子才是！！！反对封建，相信科学！

19.请自己选一种死法，安乐死除外。

SK：笑死。

包打听：想要如愿，建议司可晚年要看小沈阳，到时候，残缺不全的牙齿一露，俩腿一蹬，一辈子过去了哈。

20.如果你中了五百万你怎样消费？

SK：可能没什么机会消费了，领奖处在五楼，下到四楼红十字会捐一百万，三楼残疾人联合会一百万，二楼扶贫基金会一百万，一楼再有个院子就是希望小学一百万，还有一百万缴税了。

包打听：那你还是别中了。本来还指望你咸鱼翻身之日，跟着沾沾光呢，看来是没戏了。

21.你喜欢怎样的生活节奏，快还是慢，为什么？

SK：慢，越慢越好，快了死得早。

包打听：这个人很矛盾啊，生活很纠结啊。不是期待早死早超生吗……难道是早晨忘记吃药了？

22.明天跟未来哪一个先到？

SK：未来，没有看过神话吗？

包打听：这是个脑筋急转弯吧，不过，虽然答非所问，但是还是蒙对了！司可，赶快去买彩票吧，你有中奖的希望哦。！

23.如果你拥有了机器猫，你最想要它口袋里的哪个宝贝？

SK：隐身衣，满足我做侦探的愿望。

包打听：抗议！！！这绝对是谎话，做侦探，要个窃听器不就得啦！哼，隐身衣给你的话，以后公共澡堂和公厕，就都不会安宁啦！

24.愿意毁了生活还是生活毁了你？

SK：我自焚。

包打听：同志们不要惊慌，这绝对不是一个法轮功中毒者。（是不是上一题我揭露得太正确，导致司可精神层面有些失态啊？嘿嘿……八卦忍者，果然很牛哦！）

25.最喜欢哪个动画片角色？为什么？

SK：美少女战士，因为我是水冰月。

包打听：完啦……把她刺激疯了。进入幻想状态了。

26.坠入六道轮回，你希望坠入何道？

SK：当然是善道中的人了，有谁愿意下地狱呢。

包打听：既然坠入六道，就已经是在地狱里啦！不过像司可这种思想比较带有毁灭性质的，上帝再让你当人的可能性很小啊。嘿嘿……

27.成吸血鬼第一个咬的人是谁？

SK：最恨的人。

包打听：我靠，这个题，真恶毒啊。根据上面的题目，那不就是咬我吗！！

28.认为爱情的保质期有多久？

SK：不好说，根据两人的经营程度而定。

包打听：爱情，经营？买卖吗？经营不好会破产？我觉得是依一个人对爱情的看法而定的，哎呀，这个题目。我说得比较正常吧。哈哈……

29.你能经受住带有"限量"两个字的商品吗？

SK：能，限量的不一定是精品，还有可能是毒品。

包打听：毒品。有才啊。限量吸食？不好！这个应该杜绝啊。

30.觉得结婚是件遥远的事情吗？

SK：比2012稍微远一点。

包打听：啊，那么综上所述，看来是基本不可能的啦！哈哈。开玩笑啦，害司可这么久啦，最后还是希望司可每天开心，快乐！

注：如果你有什么新鲜的有趣的深刻的问题想要提问，或者说最想看到代琮、其他作者以及我们的编辑们谁来回答，又或者直接想对谁进行提问，都可以把你的想法整理成文，通过QQ、电子邮件、电话、信件等方式跟我们取得联系，也许下一期登上《荏苒》参与这个栏目中来的人就是你！

每期我们会从中挑选出人气最高的一到二位作者，来一一回答几个海量的问题。同时我们每年度也会评选出一位最受欢迎答题者，并从广大读者当中评选出一位本栏目最佳参与者，给予额外的惊喜和奖励。期待您的妙思和参与……

闻所未闻

十大流行网名第一名：永不落伍的abc123

相信每个网友都有过类似这样的名字，hdsidiod、oiusu1234、lkhgljk，其使用频率之高，恐非任何一类网名能及。

平淡是真，沉默是金，最简单的往往是最有效的，是对此类名字的褒奖。

然而不可不说的是，对于大多数使用者的目的来讲，此类名字也有相当明显的弱点，不便记忆，很难称呼，印象浅淡，而且有少部分网友一不小心露脸了出名了，便会万分后悔当年不应如此草率……

如果有一种网名会永远流行，那么非它莫属。

典型举例：pt2000 USD Syuui CQMPT SKY

【十大网名

来看你的网名流行吗？】

十大流行第二名：宝贝系列

卫慧一部《上海宝贝》红遍中国，轻松俘获想从内到外裸露自己的女孩，开创用身体写作的先河，于是一批批急于得到别人肯定、又孤芳自赏的女孩纷纷以宝贝命名。

安妮宝贝此时亦在网络横空出世，其凭借时尚小资女时而忧时而柔美的情调，纵横江湖数载，堪称小资文学之典范，榜样的力量是无穷的，效仿者众多。

经年以后，宝贝非但未见没落，相反却依然风风光光，我行我素，君不见小雾宝贝又脱颖而出，冉冉升起。

典型举例：安妮宝贝 小雾宝贝 哈妮宝贝 麻辣小宝贝 宝贝520 可爱的宝贝

十大流行第三名：颠倒系列

代表作：卖女孩的小火柴

不敢妄加分析此系列网名的产生根源，想是网络日渐普及后，一些思想厚重和冷静者认识到网络社会中不可回避却又真实存在的颠倒黑白、是非难辨的另一面；或有可能创意者本身即是倒果为因的巧匠，在有所感悟后，让小火柴来卖女孩又有何不可呢？

典型举例：除了脸什么都要 采姑娘的小蘑菇 采姑娘的老蘑菇 披着狼皮的羊 一日为父终身为师 小鸡啄老鹰 一鼎九言 黑夜不懂晨的明 醉里挑剑看灯 捞猴子的月亮 扎女孩的小辫子 米生花……

十大流行第四名：猪猪系列

　　虽说猪在人们心目中一直是贪吃嗜睡、奇懒无比、笨头笨脑的家伙，不过别忘了还有物极必反、否极泰来的哲理，更何况在无所不能的网络中，根本就没有一成不变的东西。

　　早期即有少量网人采用，现如日中天，去任何一个人气论坛抑或网游世界，看不到几头猪猪你来找我！

　　典型举例：许愿的猪　笨小猪　一只特立独行的猪　小猪扑满　乌溜溜的黑眼猪　猪司八卦　淘气小猪猪　无忌神猪　南方第四只小猪　猪漂漂　再乱花钱我就是猪　健猪小蜜子……

十大流行第五名：快乐系列

　　快乐是福。

　　上网没意思，不上网更没意思，是眼下少数无聊网民内心的写照。况且上网本身就是件耗费体力财力精力的事情，在这种情况下，若还抑郁非常，烦恼频生，就太得不偿失了。

　　好在网民都认识到心情的重要，时下正红火的快乐系列也体现了众人追求网络愉悦的心理。

　　返璞归真使然。

　　让我们都快乐起来吧！

　　典型举例：快乐生活不是梦　你比从前快乐　手握鼠标烦恼全消　洗澡真快活　齐齐哈哈　天天都高兴　开心就是赢……

十大流行第六名：起名系列

　　如今网络起名难，起好名更难，已成为众多网友的共识。与其说就算挖空心思也难回避我们文采低下的事实，不如说是网络普及后大家素质提高不再满足于普通称谓的心境。

　　寻觅不如不寻觅，于是，不好起名就是名字，直抒胸臆，光明坦荡，何尝不是一种创意呢？

　　能流行的必有它流行的道理。

　　已成星火燎原之势。

　　典型举例：起个逼名想半天　起个笔名憋一天　取个ID可真他妈难　等你回来起名　求求你别让偶起名　注册半天才有名字　随便叫个名字　注册来顶帖　起一个名真的好难　ID难产……

十大流行第七名：趣系列

　　有趣的名字并不是很多见，通常具有鲜明的时代特征，带着点噱头，多多少少的还有些寓意，让人看了或捧腹或叹息或感悟，回味悠长。

　　偶然的巧遇，使其另类十足。

　　趣名的世界宽广无限。

　　典型举例：笨笨的亮　傻子哥哥烦着　下雨天带砖不带伞　是蒙毅不是成龙　化茧成驴　唐僧洗头用飘柔　一头驴两个大　霸道的温柔　等你到没有永远　秤砣　板砖破武术　姓马名蜂窝　水厂退休才返聘　没吃饭的蛐蛐　便秘请看CCTV……

十大流行第八名：三字经系列

人的名多是三字的，这便决定了多数网络名字也必然贯彻这一历史准则。精彩的三字网名可称"三字经"，大抵分为四种类型：

一、否系列。常见于文学网站论坛，其中首尾联系密切者可谓上品。如：墨不文，章无计，轻不狂，成不美，言非心……

二、叠系列。常见于女性网民，其中非姓或者稀姓，叠字部分雅致，前后无联系者为上品。如：梅朵朵，猫朵朵，饶巧巧……

三、小系列。常见于乖巧性格悠闲之网民，其中前后联系紧密，整体不落俗套者为上品。如：翠小玉，芳小菲，毛小病，林小堂，丁小乙……

四、四大家族系列。三字经中的许多好名字都是由"叶，阮，风，花"四大家族创造。如：叶秋池，叶欢言，阮红棉，阮碧莲……

十大流行第九名：原创系列

早期网络极为罕有，近年开始大肆流行，在QQ及联众等网络娱乐休闲的前沿阵地，随处可见，其传染度即便SARS亦难匹敌。

可令网民任意发挥，无限遐想，如飞鸟般无拘无束，翱翔天空。

自由创意的文字最能彰显个性，虽然它可能不是字，或者读音发生了一些变化，但是没问题，肯定会让网友看得明白。

必有特色符号点缀其间，网友原创程度较高，使用时间较长，包你认识，良好的视觉效果等诸多特征使其与过气的难检怪字相比，有着本质区别。偶准备找高手学学。

典型举例：亻奄せ马言兑　老婆只能找①个　坏坏βαъΥ

十大流行第十名：经典的流行

经典网络名字大多出于此系列。

能流行的不一定经典，而经过流行又成为经典的才可称不朽之作，况且经典与时尚本来就是一对形影不离的姊妹。

想成为经典，其色香味必为上乘，再经妙手烹调，方可作藏品，而本文所述即是藏品或尚未经烹调的佳品。

婉约令人沉醉，风流使人缠绵；豪爽当歌，大气如虹；赏名亦是品性，网络折射人生。

典型举例：夜无边　独仁小桥风满袖　cc蔡　花映碧水我独怜　77楼　若水三千　pencil．菊开那夜　cake的cake　雾满拦江　冰咖啡　凤吹佩兰　火岛冰凌　独醉落梅如雪　网络泡泡　冷月葬花人　小桥初架了　小手冰冰凉……

向左，向右

你适合嫁给有钱人吗？

1、争取来的才叫幸福？
YES－4　　NO－2

2、你想嫁个有钱人吗？
YES－3　　NO－4

3、嫁入豪门前，你需要签婚前协议书，文件中注明，如果你离婚将无权分配财产
YES－4　　NO－5

4、作为嫁入豪门的交换条件，你愿意放弃
工作－5　　学业－6

5、你的朋友开玩笑说你是傍大款的，你会
一笑置之－6　　接受不了－7

6、一位农村少年爱上你，出乎意料地在电视直播中向你求婚，你不乐意，会为了面子暂时答应吗？
YES－7　　NO－9

7、豪门的他误会了你，你会不会因为缺乏自信，不敢跟他解释澄清？
YES－8　　NO－9

8、你的性格属于
外向－9　　内向－C

9、面对爱情，你属于
主动出击派－D　　等待告之派－10

10、你最信赖的人是你的
朋友－B　　家人－A

测试结果：

A、【豪门得宠指数】●○○○○

【关系罩门】过于冷静，让男人失去付出的机会，把男人当成小孩养。

主要是性格所致，你天生有旺夫命。如果你嫁给有钱人，不会是奇怪事。即使你没有嫁给有钱人，下嫁的人也会人见人爱。不过……重点来了，每段这样的恋情你能维持多久，是个问题。因为你经常不由自主地站在别人的角度，为他人着想，日积月累造成对爱人有了溺爱的习惯。如若一朝，你的忍耐到达底线，积怨排江倒海涌而出，对方往往无法承受。在爱情中，如果能学会展示真实自我，于人于己，都是福分。

B、【豪门得宠指数】●●○○○

【关系罩门】一不留神，嫁富豪不成，反嫁给赌棍。

你此刻的心态会造就小姐身子丫鬟命的局面。每个人的心态影响智商，心态不好的时候智商就低。有钱人是聪明人，会享受会生活。你这样执行能力强的人，缺乏的是对爱情的全局的掌控能力，容易成为别人的棋子。富豪很少迎娶自己的助理，请小心爱情上的竞争，有些竞争是陷阱。

C、【豪门得宠指数】●●●○○

【关系罩门】门当户对，姻缘可成。

你虽然适合嫁入豪门，但你保守的婚姻观，令你好事多磨，需要走过沟沟坎坎。人生在世，难得糊涂，如果能简单地表达出自己的爱意，勇敢一点，缘分便会水到渠成。少焦虑，多给自己一点信心吧！爱的字典里面，什么都不重要，有心就足够了。

D、【豪门得宠指数】●●●●○

【关系罩门】简单纯良，豪门得宠，落差反成福祉。

你嫁入豪门的前景无限良好，这都源于你是个简单的人。你这样简单的人看起来傻傻，遇到事情却由于直线的思维，往往能达到最好的效果。不可避免的，你会遇到一些非议和妒忌，说你是占他便宜，傍大款。须知，不遭人嫉是庸才。快乐地做自己想做的事情，用心对待自己喜欢的人。因为爱情是两个人的事情，诚意面前，你不怕困难，困难就怕你。

Choose Answers

作为80、90的我们,从80年代至今,我们不知道已看过多少部电视剧了,它们就像天上的繁星一般,数都数不过来了。但就如同在你心目中总有比其他星辰更明亮的恒星一样,形形色色的电视剧在你心目中总也有更铭记在心、意义非凡的一些吧。所以我们编辑室特别搞了这个与大家互动的小栏目。为了让大家更好地选择,我们特意分成了三个板块(内地,港台,日韩)。并且这次我们特意联系了一些我们的特约写手、特约编辑、热心读者,经过大家的共同投票,我们甄选出了(港台20、日韩20,内地30)这个备选名单。

备选榜单

港台地区20选10
命中注定我爱你
恶作剧之吻\2吻
终极系列
下一站,幸福
痞子英雄
鹿鼎记
陀枪师姐系列
转角遇到爱
楚留香
流星花园
上海滩
神雕侠侣
天龙八部
新白娘子传奇
一帘幽梦
射雕英雄传
大时代
戏说乾隆
精武门
寻秦记

日韩地区20选10
英雄
蓝色生死恋
天国的阶梯
花样男子
花样男子(日)
极道鲜师(日)
浪漫满屋
宫
大长今
传闻中的七公主
一枝梅
我叫金三顺
是美男啊
豪杰春香
对不起我爱你
我的女孩
咖啡王子一号店
人鱼小姐
一升的眼泪(日)
天桥风云

内地30选10
士兵突击
三国
闯关东
水浒
少年包青天
还珠格格
家有儿女
亮剑
蜗居
西游记
血色浪漫
潜伏
奋斗
铁齿铜牙纪晓岚
金婚
武林外传
宰相刘罗锅
重案六组
将爱情进行到底
康熙微服私访记

与青春有关的日子
大染坊
激情燃烧的岁月
小龙人
征服
丑女无敌
封神榜
我的团长我的团
乡村爱情
永不瞑目

小编的话

也许这个备选榜单有些你喜欢的电视剧并没有在里面（哎，小编很看好的《红楼梦》就被他们无情地扼杀了！）您可以来信或者通过电子邮件（weizhidiwenhua@sina.com）的方式告诉我们在你心目中的十大TOP排名，我们将会选出一部分幸运读者，您不仅能够登上下一辑的"Choose Answers"板块，还有机会获得我们主编代琼亲笔签名的第一版个人散文集《幻雪静谧 花落忧伤》，很有收藏价值哦！下面是我挑选的一部分编辑们选择的结果，看看哪位会和你选择的一样吧！

主编的话

作为本次活动的倡导者及发起者，我很有必要在此做个简短声明：1.强烈支持今后这样的"惨烈厮杀"、"振奋人心"的评比多多发生。2.我本着为广大看客负责及公平公正的原则，此次我的这份榜单除了韩日排名是瞎蒙以外（原谅我，平时韩日剧集我真的看得很少，但我知道《浪漫满屋》有可爱的宋慧乔啊~），其他地区排行基本没有太多主观感情色彩，均属客观对待。相信我，真的，真的，要相信我，就算《金婚》是蒋雯丽老师主演的，我也只把它排在了内地的第八名嘛。对吧？O(∩_∩)O~　　　　　　　　　　　　　　　　　　——主编　代代
（小编：我靠，有没有搞错，废话比我还多！老大，搞清楚，这里我的地盘！嗯，这个。当然啦，还得您做主。）

主编——代代

港台排行榜：
1. 射雕英雄传
2. 上海滩
3. 新白娘子传奇
4. 神雕侠侣
5. 鹿鼎记
6. 戏说乾隆
7. 天龙八部
8. 流星花园
9. 陀枪师姐系列
10. 恶作剧之吻\吻

日韩排行榜：
1. 蓝色生死恋
2. 浪漫满屋
3. 宫
4. 豪杰春香
5. 传闻中的七公主
6. 我叫金三顺
7. 天国的阶梯
8. 天桥风云
9. 对不起我爱你
10. 我的女孩

内地排行榜：
1. 还珠格格
2. 西游记
3. 士兵突击
4. 潜伏
5. 奋斗
6. 蜗居
7. 亮剑
8. 金婚
9. 闯关东
10. 武林外传

编辑——消夏

港台排行榜
1. 射雕英雄传
2. 新白娘子传奇
3. 流星花园
4. 上海滩
5. 戏说乾隆
6. 鹿鼎记
7. 神雕侠侣
8. 陀枪师姐系列
9. 一帘幽梦
10. 精武门.

日韩排行榜
1. 蓝色生死恋
2. 浪漫满屋
3. 天桥风云
4. 对不起我爱你
5. 我叫金三顺
6. 宫
7. 大长今
8. 人鱼小姐
9. 天国的阶梯
10. 花样男子(日)

内地排行榜
1. 还珠格格
2. 三国
3. 水浒
4. 西游记
5. 闯关东
6. 血色浪漫
7. 将爱情进行到底
8. 小龙人
9. 亮剑
10. 士兵突击

编辑——krist

港台排行榜
1. 射雕英雄传
2. 流星花园
3. 神雕侠侣
4. 新白娘子传奇
5. 恶作剧之吻\2吻
6. 鹿鼎记
7. 上海滩
8. 天龙八部
9. 一帘幽梦
10. 转角遇到爱

日韩地排行榜
1. 蓝色生死恋
2. 天桥风云
3. 我叫金三顺
4. 传闻中的七公主
5. 浪漫满屋
6. 大长今
7. 天国的阶梯
8. 我的女孩
9. 豪杰春香
10. 宫

内地排行榜
1. 西游记
2. 还珠格格
3. 士兵突击
4. 奋斗
5. 蜗居
6. 三国
7. 闯关东
8. 潜伏
9. 亮剑
10. 家有儿女

编辑——司可

港台排行榜
1. 新白娘子传奇
2. 陀枪师姐系列
3. 一帘幽梦
4. 恶作剧之吻\2吻
5. 射雕英雄传
6. 鹿鼎记
7. 射雕侠侣
8. 戏说乾隆
9. 上海滩
10. 精武门

日韩排行榜
1. 蓝色生死恋
2. 浪漫满屋
3. 宫
4. 对不起我爱你
5. 一升的眼泪
6. 我的女孩
7. 我叫金三顺
8. 传闻中的七公主
9. 咖啡王子一号店
10. 豪杰春香

内地排行榜
1. 小龙人
2. 还珠格格
3. 闯关东
4. 家有儿女
5. 大染坊
6. 金婚
7. 蜗居
8. 武林外传
9. 与青春有关的日子
10. 铁齿铜牙纪晓岚

编辑助理——夏雪

港台排行榜
1. 终极系列
2. 恶作剧之吻\2吻
3. 下一站,幸福
4. 命中注定我爱你
5. 流星花园
6. 陀枪师姐系列
7. 痞子英雄
8. 天龙八部
9. 鹿鼎记
10. 寻秦记

日韩排行榜
1. 是美男啊
2. 花样男子(日)
3. 花样男子
4. 一枝梅
5. 豪杰春香
6. 我的女孩
7. 英雄
8. 宫
9. 极道鲜师（日）
10. 传闻中的七公主

内地排行榜
1. 西游记
2. 水浒传
3. 三国
4. 少年包青天
5. 还珠格格
6. 血色浪漫
7. 重案六组
8. 奋斗
9. 家有儿女
10. 康熙微服私访记

编辑——小邵

港台排行榜
1. 鹿鼎记
2. 陀枪师姐系列
3. 流星花园
4. 上海滩
5. 神雕侠侣
6. 天龙八部
7. 新白娘子传奇
8. 一帘幽梦
9. 射雕英雄传
10. 戏说乾隆

日韩排行榜
1. 蓝色生死恋
2. 浪漫满屋
3. 宫
4. 大长今
5. 一枝梅
6. 是美男啊
7. 豪杰春香
8. 咖啡王子一号店
9. 人鱼小姐
10. 天桥风云

内地排行榜
1. 蜗居
2. 康熙微服私访记
3. 大染坊
4. 宰相刘罗锅
5. 还珠格格
6. 家有儿女
7. 金婚
8. 丑女无敌
9. 西游记
10. 我的青春谁做主

星语心愿
——十二星座之间微妙的关系

十二个星座性格各异，让生活变得五颜六色，俗话说得好，没有矛盾就没有相容，想知道你和什么星座比较兼容又和什么星座互相排斥吗？

白羊座
天生绝配：狮子、射手（等级速度）
相斥星座：金牛、摩羯、处女（慢郎中）、天蝎、巨蟹（阴森）

金牛座
天生绝配：处女、摩羯、巨蟹（铜臭味相同）
相斥星座：水瓶、双子、天秤（不着边际）

双子座
天生绝配：白羊、狮子（容易哄骗）、水瓶（脑筋急转弯）、射手、天秤（玩心相同）
相斥星座：金牛、双鱼（没有交集）、摩羯（食古不化）

巨蟹座
天生绝配：金牛、处女、摩羯（长期投资）、天蝎（满足占有欲）、狮子（阳刚配阴柔）
相斥星座：射手（风流）、水瓶（爱朋友比爱家人多）

狮子座
天生绝配：双子（国王配骗子）、天秤（包装精美）、双鱼（马屁精）、白羊（花钱速度相近）
相斥星座：天蝎、水瓶、射手（不给面子）、金牛、处女、摩羯（又抠又保守）、巨蟹（疑神疑鬼）

处女座
天生绝配：金牛、摩羯、双鱼（懂得包容）、水瓶（出乎自己想象范围）
相斥星座：射手、白羊（缺乏大脑）、狮子（膨风）、双子（说话像放屁）

天秤座
天生绝配：狮子（包装抢眼）、双子、水瓶（伶牙俐齿）
相斥星座：白羊（粗鲁）、巨蟹（刁顽）、摩羯（死气沉沉）、天蝎（阴阳怪气）

天蝎座
天生绝配：巨蟹、双鱼（敏感度相同）、金牛、处女、摩羯（有实力没脑力）
相斥星座：人为鱼肉、我为刀俎（冷眼控制各星座）

射手座
天生绝配：狮子、白羊（英雄相惜）、双子、天秤（好玩伴）、水瓶（一起做白日梦）
相斥星座：金牛、处女、摩羯、巨蟹（苦瓜脸）、天蝎（阴晦神秘）

摩羯座
天生绝配：金牛、处女、巨蟹（省钱一族）、天秤、双鱼
相斥星座：白羊、狮子、射手（败家子）

水瓶座
天生绝配：水瓶（自视甚高、自恋的倒影）、双子、天秤（快人快语）
相斥星座：金牛、处女、摩羯（不会变通）、天蝎、巨蟹、双鱼（死缠烂打、眼泪鼻涕淹死人）

双鱼座
天生绝配：十二星座（鞠躬尽瘁、死而后已)

八卦报
——包打听答读者问

嗯，嗯，虽然我们《茌苒》只发行了第一辑，然而却收到了全国各地许多热心读者的来信和回执调查表。所以说，工作成绩是斐然的，效果是显著的！（此处鼓掌）当然了，小编虽然日理万机，也要百忙之中抽出空来，回答读者们千奇百怪的问题啊。下面我就从本期获奖名单中的读者中抽出一部分问题来回答吧。

湖南热心读者问：很喜欢你们的插图照片，怎么拍摄得这么好看？自己也好想成为一名摄影师！

包打听回答：啊，这个。我们当然也是征集摄影师的稿件啦！为什么这么好看？当然啦，因为我们对稿件的要求是很高的嘛。多看看别人的作品，说不定日后你也可以成为我们《茌苒》御用哦！

湖北书迷读者问：好想知道《茌苒》中豆豆、夏洛奇的联系方式啊！！

包打听八卦回答：通过我在编辑部上蹿下跳，悄悄地进村，用尽各种手段，终于搞来了他们的联系方式啦。豆豆QQ：568624383　夏洛奇QQ：272816604　怎么样，还满意吧？嘿嘿嘿嘿……

四川可爱读者问：亲爱的编们，我这里（四川）《茌苒》为什么上市比较晚啊？这是正常现象吗？实话告诉我哦，是不是我会因此错过很多啊？说吧，我承受得住！呜呜呜呜……

包打听汗颜回答：晕菜，其实不是这样子啦。虽然不是全国同一天发行，但是也没有离谱在一个地区迟很多吧！可能是中途运输有延误吧，大家也知道啊，当时又正值春节假期，以及冬天这个鬼天气本来物流就不好走。所以谅解一下吧，接下来我们一定会向出版社及公司的发行部门反映，他们也肯定会努力做到最好的！

安徽热心读者问：我想知道渣子龙和代琮的联系方式，详细点好哦！

包打听八卦回答：哎，果然还是有人问代老大啊！！！不管了，我豁出去了！这小编可是顶着杀头的罪名啊，代琮个人邮箱：daicong0217@sina.com，QQ群及微博、博客等详见书前面的公司简介页面，我太勇敢啦！对了，还有子龙，可惜不是姓赵哦！呵呵，渣子龙QQ：36287577　Email：zhazilong@126.com　地址：山东省淄博市张店区柳泉路与联通路交叉路口东方之珠南楼2单元2103室　邮编 255000　怎么样，够详细吧！

福建书迷读者问：以后的《荏苒》能便宜一点吗？哎，我们这里中学生的零花钱不多啊！我以后努力不吃零食，买每一辑的《荏苒》！自从我把这本书带到学校后，我的那些死党们都跑去买了，书店生意这么好我想店长一定做梦也在偷笑！

包打听八卦回答：哇，首先要十分感谢一下我们的这位朋友以及你的那些可亲可敬的死党们啊，《荏苒》就是因为有了你们如此的支持，才一定会变得越来越好呢！坚持努力不吃零食把零花钱节省下来，也要买每一辑的《荏苒》的举动，也得到了我们未知地所有小编以及小琮在内的同情和感动啊！当然，定价上的问题我们也意识到了，在"内容提要"里也有所介绍。而且价格也不是一方可以控制的，比如这次本来代琮都要带领未知地的大家计划把定价进行可行性下调了，但是谁又能预料这次突然的智利地震又对纸价进行了制约性的影响呢？不过，在此请可爱的读者朋友们耐心等待，价格问题上，包括出版社、公司以及代琮等所有人在内，我们都在进行努力的考究和解决。所以，也许就在不久的将来，又或者就是接下来的第三辑、第四辑中，就会有所改变呢。(*^__^*) 嘻嘻……

《荏苒》第一辑热心读者获奖名单

唐小晓　（辽宁省大连市）
胡　敏　（安徽省宣城市）
陶思嘉　（湖北省武汉市）
谭飞飞　（四川省成都市）
徐瑞林　（湖南省怀化市）
田　雪　（河北省石家庄市）
阙键平　（福建省龙岩市）
陈　洁　（安徽省淮南市）
张琳琳　（山东省烟台市）
车海艳　（青海省西宁市）

恭喜以上幸运读者可以得到代琮亲笔签名的《荏苒》一本，书已寄出，请注意查收~我们每期将会抽出十位幸运读者，请大家继续支持《荏苒》哦~

青春文艺《荏苒》正式对外征稿

稿件要求：

一、文字类投稿

1. 小说类：体裁内容风格不限，但请尽量符合青春文学的表达类型。内容无暴力色情描写，无政治、宗教倾向，温暖而美好的文字优先采用，篇幅在1500~8000字之间（中长篇连载请在来稿中注明）。

2. 散文随笔类：记录生活，感悟人生，可以深刻地描写和刻画自己的内心世界，甚至于有感而发的都可以写，篇幅在1000~3000字之间。

3. 杂文类：随感录、短评、杂说、闲话、漫谈等文体，语言灵动，婉而多讽是杂文的特点。在这里，你可以随意发表自己的观点。篇幅在1000~3000字之间。

二、图片类投稿

1. 摄影类作品：青春题材的摄影作品，人物、风景皆可，可投后期处理稿。2~3张起投。

2. 设计作品：可以是独立设计，或摄影、插图的后期处理作品。2~3张起投。

3. 相关插图：可以投递个人代表插图小样5张，同时请附上个人联系方式和简历，如果风格合适、画技出众会有相关编辑主动跟你联系。

4. 图片投稿者请先投递小样（大小不大于1MB）。原稿分辨率不低于300dpi，尺寸不低于图书实际尺寸（17×23.5cm），跨页为（34×23.5cm）。也可以采用光盘投稿，但是请在信封外注明"图片投稿"字样。采用传统邮寄方式的稿件请自留底片和原稿，来稿不退。

投稿须知：

以上文字和图片类投稿作者不得一稿多投，两个月内没有收到答复可以另行处理。投稿时请注明所投栏目，并留下自己的真实姓名、笔名、联系方式，以便我们与您取得联系。一经选用便会在图书上市发行后尽快奉献样书和支付稿酬。（稿酬视作品质量而定）

稿件授权声明：

凡向《荏苒》投稿获得刊出的稿件，均视为稿件作者自愿同意下述"稿件授权声明"之全部内容：

1. 稿件文责自负：作者保证拥有该作品的完全著作权（版权），该作品没有侵犯他人权益。

2. 全权许可：《荏苒》书系有权利以任何形式（包括但不限于纸媒体、网络、光碟等介质）编辑、修改、出版和使用该作品，而无需另行征得作者同意，亦无需另支付稿酬。

3. 独家使用权：未经过淄博未知地文化传播有限公司书面同意，作者不同意任何单位和个人以任何形式（包括但不限于纸媒体、网络、光盘等介质转载、张贴、结集、出版）使用该作品，著作权法另有规定的除外。

版权声明：

1. 本书登的所有内容（转载部分除外），未经过淄博未知地文化传播有限公司书面同意，任何单位和个人不得以任何形式（包括但不限于纸媒体、网络、光盘等介质转载、张贴、结集、出版）使用该作品，著作权法另有规定的除外。

2. 凡《荏苒》转载的作品未能联系到原作者的，希望作者见书后及时与公司联系，以便奉送样书和支付稿酬。

投稿方式：

1. 邮寄地址：山东省淄博市张店区新村西路115号金丰大厦201室　邮编（255000）
2. 电子投稿（推荐）
文字投稿信箱：renranwen@sina.com
　　　　　　　wen@dcrenran.com（测试版）
图片投稿信箱：renrantu@sina.com
　　　　　　　pic@dcrenran.com（测试版）

图书在版编目（CIP）数据

荏苒. 2 / 代琮主编. —济南：山东文艺出版社，2010.5
ISBN 978-7-5329-3274-0

Ⅰ．①荏… Ⅱ．①代… Ⅲ．①文学—作品综合集—中国—当代 Ⅳ．①I217.1

中国版本图书馆CIP数据核字（2010）第044597号

主管部门	山东出版集团
集团网址	www.sdpress.com.cn
出版发行	山东文艺出版社
电子邮箱	sdwy@sdpress.com.cn
地　　址	济南经九路胜利大街39号
印　　刷	山东鸿杰印务集团有限公司
版　　次	2010年5月第1版 2010年5月第1次印刷
规　　格	开本/170×235毫米　16开 印张/13.5
定　　价	25.00元